tatort

Blinder Glaube

Dieses Buch ist ein Roman. Handlungen und Personen sind frei erfunden. Ähnlichkeiten mit lebenden oder toten Personen sind rein zufällig.

Blinder Glaube

von Oliver G. Wachlin
nach einem Drehbuch von
Andreas Pflüger

emons:

Mix
Produktgruppe aus vorbildlich bewirtschafteten Wäldern und anderen kontrollierten Herkünften
www.fsc.org Zert.-Nr. GFA-COC-001223
© 1996 Forest Stewardship Council

Agentur: WDR mediagroup licensing GmbH
Begleitbuch zur gleichnamigen ARD-Serie »Tatort«
ARD-Tatort-Koordinator: Prof. Gebhard Henke, Leiter des
WDR-Programmbereiches Fersehfilm, Kino und Serie
Tatort-Drehbuchautor: Andreas Pflüger
Umschlagfoto: Hardy Spitz
Umschlaggestaltung: Weusthoff-Noël, Hamburg (www.wnkd.de)
Druck und Bindung: CPI – Clausen & Bosse, Leck
Printed in Germany 2009
ISBN 978-3-89705-660-2

Wir bedanken uns bei der Redaktion des Rundfunks Berlin-Brandenburg für die freundliche Unterstützung.

Die Titelabbildung zeigt Dominic Raacke als Hauptkommissar Till Ritter und Boris Aljinovic als Hauptkommissar Felix Stark

EINS

Kriminalhauptkommissar Felix Stark stand, im Trenchcoat und einen dicken Wollschal um den Hals, auf dem Flachdach eines wuchtigen Bürogebäudes am Molkenmarkt. Viel Beton und Glas, ein Stein gewordenes Steuersparprogramm, subventionierter Größenwahn, den niemand brauchte. Auf der Beletage residierte die Berliner Wasserwirtschaft, der Rest des Gebäudes blieb ungenutzt. Wohl deshalb hatte man die Inspektion M1 hier einquartiert. Im barocken Dienstgebäude an der Keithstraße war die über hundert Jahre alte Heizungsanlage ausgefallen und musste nun aufwendig repariert werden. Bis dahin sollte die Mordkommission in Mitte Dienst tun – im Neuen Berlin, wie es hieß –, damit sie nicht fror.

Dabei ist der Molkenmarkt einer der ältesten Plätze der Stadt. Früher verkauften hier die Bauern aus der Umgebung Milch und Käse an die Mühlenhofmeierei, heute zerschneiden sechsspurige Magistralen aus realsozialistischen Zeiten den einstigen Markt am Alten Stadthaus, mit brüllendem Verkehr, der regelmäßig an der Kreuzung Grunerstraße zum Erliegen kommt. Gegenüber liegt das Nikolaiviertel mit der ältesten Kirche Berlins, um die sich mittelalterliche Fachwerkhäuser drücken, als wollten sie sich am Gotteshaus wärmen. Dahinter erhebt sich der Dom mit dem riesigen Kreuz auf der kupfernen Kuppel, nördlich davon das Rote Rathaus, die Marienkirche und, über allem, der Fernsehturm am Alexanderplatz.

Nachdenklich trat Stark an die Dachkante und sah

hinunter auf die Straße. Ein kleiner Schritt nach vorn, ein kurzer Fall von vielleicht dreißig, vierzig Metern, und alles wäre vorbei. Schluss, Ende, finito. Vielleicht noch eine Mitteilung in der Morgenpost, »Freitod eines Kommissars«, nichts Großes, mehr was für den Lokalteil. Wieder ein überforderter Beamter, der mit dem Leben nicht klargekommen ist. Es würde nicht weiter auffallen.

Stark lächelte. Nicht dass er wirklich vorhatte, aus dem Leben zu treten. Doch das Wissen, es jederzeit beenden zu können, empfand er als beruhigend, wo doch schon wieder das Handy piepte. Einen Moment lang hatte er den Impuls, es weit von sich zu werfen, hinunter in die Stadt, nur weg damit und den Anrufer gleich mit. Der Fluch unserer Zeit ist die stete Erreichbarkeit, dachte er. Leider war sein Pflichtgefühl stärker, und so hatte er das Telefon schneller am Ohr, als ihm eigentlich lieb war.

»Stark?«

»Ich bin's.« Starks Partner, Hauptkommissar Till Ritter. »Ich such dich schon die ganze Zeit. Wo steckst du denn?«

»Auf dem Dach.«

»Warum das denn?« Der Kollege klang verwundert. »Willste Tauben schießen?«

Springen, hätte Stark antworten können. Das wäre was: Ritter würde umgehend Himmel und Hölle in Bewegung setzen. In kürzester Zeit wäre die Straße unten mit blaulichternden Ambulanzen und Feuerwehren verstopft. Hubschrauber kreisen, hektische Männer spannen Sprungtücher auf. Das Hauptstadtfernsehen überträgt live, und Ritter könnte den ganz großen Helden geben, der mit dramatischer Aktion und feinsinniger Psychologie seinen selbstmordgefährdeten Kollegen vom Dach klaubt. Doch daraus wurde nichts, denn …

»Komm her, dann sag ich es dir.« Stark steckte das Handy wieder ein. So weit kommt es noch, dass er dem Co. so eine Vorlage liefert. Der spielt ohnehin bei jeder Gelegenheit den coolen Macker, den gefühligen Cowboy, den Großstadtsheriff und einsamen Hüter von Recht und Gesetz.

Es gab noch nie eine Situation, die Ritter nicht sofort bühnenreif pariert hätte. Und deshalb bat ihn Stark heute aufs Dach. Das dürfte den Kollegen ziemlich aus der Fassung bringen, denn wie so viele hochgewachsene Männer hatte er ein Problem mit der Höhe und war nicht schwindelfrei.

»Mensch, komm rein!« Schon stand Ritter im Aufgang zum Treppenschacht. Fünftagebart und Jeans mit weißem Nietengürtel. Dazu Schlangenlederstiefel und Cowboyhemd. Als wäre er gerade vom Mustang gestiegen. »Soll ich mir hier draußen den Arsch abfrieren?«

»Ist doch schön!« Stark lächelte spöttisch und hob die Arme. »Die frische Luft.«

»Ja, ja.« Vorsichtig kam Ritter näher, bemüht, sich seine Höhenangst nicht anmerken zu lassen. Die hatte er schon als Kind gehabt, und keine wie auch immer geartete Therapie hatte ihn bislang davon befreien können. Das Einzige, was funktionierte, war Überwindung. Bekämpfe deine Angst, *old boy*, und wenn du Dutzenden von wilden Rothäuten gegenüberstehst. Die wollen nur spielen. Trotzdem hätte er sich am liebsten irgendwo festgeklammert, aber es gab keinen Halt.

Stark griente breit. »Von hier oben sieht die Welt ganz anders aus.«

Na toll! Bloß nicht nach unten schauen, da geht es verdammt tief abwärts. Unsicher sah Ritter den Kollegen an.

»Hast du deinen Moralischen?«

»Quatsch!« Sind die Zeiten inzwischen so schlecht, dass Moral nur noch in Himmelsnähe möglich ist?, dachte Stark. Überhaupt, was wollte der Kollege damit sagen? Dass ich zu moralisch denke? Großartig, wäre er wirklich gesprungen, hätten sie aus ihm im Nachruf wahrscheinlich einen Melancholiker gemacht, der die Ungerechtigkeit des neuzeitlichen Seins nicht mehr ausgehalten hatte. »Weißt du nicht, was heute ist?«

»Nein.« Ritter stutzte. Was sollte heute sein? Dirndlflugtag? Vierzig Jahre Mondlandung, der Geburtstag des Chefs? – Keine Ahnung.

»Na, unser Kennenlerntag!« Natürlich war das Blödsinn, denn der Unfall war erst acht Jahre her. Zwei Männer in ihren Autos an einem schwülen Sommertag und nur eine Parklücke: Klar, dass es erst mal krachte. Heute dagegen war es kalt, Anfang März, und vom Frühling keine Spur. Insofern war der Kennenlerntag so ziemlich das Dämlichste, was Stark einfallen konnte, um sein Hiersein zu erklären. Musste er es überhaupt erklären? Sollte der Kollege doch denken, was er wollte, Moralischer hin oder her. Trotzdem faselte er weiter: »Seit genau zehn Jahren sind wir jetzt Partner!« Obwohl es sich zuweilen anfühlte wie zwanzig, aber das war eh wurscht, denn: »Du merkst dir so was natürlich nicht.« Gott, war das daneben. Er klang wie eine olle Ehefrau, die sich beim Gatten beschwert, weil er den Hochzeitstag vergessen hat. Er hätte *doch* vom Dach springen sollen!

»Nee.« Ritter zog grinsend eine Flasche Champagner hinter dem Rücken hervor. »Oder vielleicht doch?«

Verblüfft sah Stark auf die Flasche. Unglaublich! Wo hatte der Kollege plötzlich den Schampus her? Aber das war typisch Ritter, immer die passende Antwort, immer lässig für den Moment gerüstet.

Perplex nahm er die Flasche und besah sich das Etikett. War das nicht der Champagner, den Weber von einer Konferenz aus Frankreich mitgebracht hatte? Sozusagen als Entschädigung? Die lag schon seit Monaten im Kühlschrank. Plötzlich musste Stark lachen. Natürlich: Ohne Alkohol traute Ritter sich nicht aufs Dach. Besoffen ließ sich die Höhenangst besser ertragen, deshalb hatte er die Flasche mitgebracht.

»Mach mal auf!«, sagte Ritter.

Aber das war leichter gesagt als getan. Stark war noch nie groß im Korkenknallen. Jede Flasche eine Herausforderung. Und so bekam er auch dieses Ding nicht auf.

»Gib mal her.« Till Ritter nahm ihm die Flasche wieder ab und schüttelte sie mit großer Geste. »So macht man das.«

Na klar, dachte Stark, ordentlich schütteln und dann damit duschen wie ein Popstar nach der Grammyverleihung. Drunter ging's bei Ritter nie. Hatte ja auch was: zwei Kommissare, die auf dem Dach Champagner soffen …

Doch dazu kam es nicht mehr.

Als der Korken aus der Flasche ploppte, stand Stark in der Flugbahn. Treffer! Direkt aufs Auge. Er sah nur noch Sterne. Die Milchstraße war ein Furz dagegen.

Und dann fiel er wirklich … Buchstäblich ins Bodenlose.

Er fiel. Und fiel. – Und fiel …

Glücklicherweise war die Augenklinik der Charité im Rudolf-Virchow-Klinikum nur knappe zwanzig Autominuten entfernt – außerhalb der Rushhour schaffte man die Strecke via Spandauer, Oranienburger, Chaussee-, Müller- und Seestraße auch schneller –, und so fand sich Stark bald in einem engen Gang zwischen optisch Versehrten und herumeilenden Weißkitteln wieder.

Ritter spielte jetzt den Fürsorglichen, der seinen Trottel von Partner mit kalter Kompresse ins Krankenhaus begleitete, weil der mal wieder ungünstig im Weg stand.

»Jetzt setzt du dich da mal hin. Immer schön kühl halten. Und nicht wegrennen! – Ich brauch deinen Ausweis.« Ritter ging mit raumgreifenden Schritten zu dem schmalen, provisorisch wirkenden Empfangstresen. »Guten Tag.«

»Guten Tag.« Die Schwester sah fragend auf und dann zu Stark hinüber, der wie ein Kriegsverletzter auf seinem Stuhl an der Wand lehnte. Sein Auge tat höllisch weh.

»Was haben wir denn da?«

»Ähm …« Ritter versuchte es mit einem Witzchen. »Ein Bulle und ein blaues Auge.« Er grinste, doch die Schwester erwies sich als humorresistent.

»Also ein Arbeitsunfall?«

»Genau.«

»Gut, dann«, die Schwester gab ihm ein Formular, »füllen Sie das schon mal aus.«

Stark nahm unterdessen vorsichtig die Kompresse vom Auge und stöhnte dramatisch auf, obwohl es der jungen Frau, die direkt vor ihm auf einer fahrbaren Liege im Gang lag, sicher viel schlechter ging als ihm.

»Kopf hoch«, tröstete sie ihn dennoch, »das wird schon wieder.«

»Ja«, sagte Stark klagend, »wahrscheinlich dick und grün und blau.«

Frauen sind halt doch robuster als Männer. Vor allem, wenn es um Gebrechen und Schmerz geht.

Ritter kam mit dem Formular zurück. »Die Schwester kommt gleich.«

»Danke, dass ich überhaupt eine brauche«, erwiderte Stark verbittert und hielt sich die Kompresse wieder aufs Auge. Verdammt, ausgerechnet das Auge musste es treffen! So ziemlich das empfindlichste Organ des Menschen. Allein die Vorstellung, dass da jetzt gleich irgendwelche Ärzte dran herumfummeln würden, trieb ihm kalten Angstschweiß auf die Stirn. Würde er je wieder richtig sehen können? Würde sich sein ganzes Leben verändern? Plötzlich, von einem Tag auf den anderen? Würde er nur noch die Hälfte sehen können, ein visuelles Monodasein führen müssen als Behinderter, körperlich total Eingeschränkter? Würde er noch Auto fahren können? Arbeiten? Ein einäugiger Kommissar, hatte es so was schon mal gegeben? – Und alles nur, weil Ritter, dieser hirnverbrannte Idiot, mal wieder eine seiner coolen Shows abziehen musste. Champagner! Im Dienst und auf dem Dach! Wunderbar war das, ganz wunderbar!

»Hey, nun sei mal nicht undankbar.« Ritter trat etwas beiseite, um einem Pfleger Platz zu machen, der fast über Starks ausgestreckten Fuß gestolpert wäre. »Pass auf dein Bein auf.«

Mit schmerzverzerrtem Gesicht zog Stark den Fuß zurück.

»Die haben gute Leute hier«, sagte die junge Patientin, bevor sie vom Pfleger davongeschoben wurde, »die kriegen Ihr Bein schon wieder hin.«

Stark sah ihr verblüfft mit seinem unverletzten rechten Auge nach. »Die ist blind!«

»Ja.« Ritter nickte ernst. Es kam eben immer auf die Perspektive an. Dann wog selbst Starks Schicksal plötzlich nur noch halb so schwer, denn: »Unter den Blinden ist der Einäugige König.«

ZWEI

Wenig später lag die junge Frau aus dem Gang im Operationssaal und wurde für den Eingriff vorbereitet. Komplizierte Apparaturen überall, die Wände grau gefliest, Operationslampen verströmten milchig weißes Licht. Es schien gleich loszugehen. Ärzte und Pfleger trugen grüne Desinfektionskleidung, einige von ihnen hatten schon den Mundschutz angelegt. Der Anästhesist gab der Patientin ein Sedativum, überprüfte Blutdruck und Herzfrequenz an einem der Monitore und legte den Narkosezugang.

»Frau Professor Manteuffel möchte sicher noch mal den Augenhintergrund beurteilen, bevor sie operiert.« Die Assistenzärztin wandte sich an einen der Pfleger. »Machen Sie mal die Spaltlampe fertig?«

Beatmungsgeräte blinkten einsatzbereit, über Computerbildschirme flimmerten diverse Oszillogramme. Besteck und Tupfer lagen bereit. Alles sah nach normaler Routine aus, und dennoch lag eine seltsame Spannung in der Luft.

»Na, Frau Vonk?« Ein älterer Arzt trat aufgeräumt an die Patientin heran. »Wie fühlen Sie sich an Ihrem großen Tag? Aufgeregt?«

»Ein bisschen, ja, Herr Professor.« Kerstin Vonks blinde Augen waren starr an die Decke gerichtet.

»Soll ich Ihnen was verraten?« Der Professor lächelte. »Ich auch.«

Professor Manteuffel ließ sich seine Anspannung jedoch nicht anmerken, im Gegenteil, er wirkte ruhig, fast melancholisch. Er war eine Koryphäe seines Fachs, sein ganzer Habitus verriet, dass er ein erfahrener Arzt war, der genau wusste, was zu tun war.

»Fünfzehn Jahre lang habe ich mich mit diesem Implantat beschäftigt. Und wenn ich ein paar Jahre jünger wäre, hätte ich Sie selbst operiert.« Er seufzte bedauernd. »Aber jetzt bin ich stolz, dass das meine Frau macht.« Er nickte Kerstin Vonk aufmunternd zu. »Sie ist die Beste.«

Assistenzärztin Mareike Andresen, die gerade Verbandsmaterial zurechtschnitt, sah erstaunt auf. Sie wusste, dass es mit der Ehe zwischen Professor Manteuffel und der Chefärztin nicht zum Besten stand. In der Klinik ging das Gerücht, dass sie ihn verlassen habe und ausgezogen sei. Für immer. Ob sie deswegen noch nicht da war?

Der Professor sah die Patientin an und versprach: »Ab morgen haben Sie einen festen Platz in den medizinischen Geschichtsbüchern.«

»Ja?« Kerstin Vonk bewegte den Kopf müde zur Seite. »Meinen Sie?«

Manteuffel nickte zuversichtlich. Da mochte kommen, was wolle.

Fragend blickte er zum Nebenraum, der durch eine massive Glasscheibe vom OP getrennt war. Offenbar war seine Frau noch immer nicht eingetroffen.

Hinter der Scheibe war ein angespannt wirkender Mann von etwa sechzig Jahren zu sehen. Kein Arzt offenbar, er trug den korrekten Anzug eines Geschäftsmannes und eine Brille, die er immer wieder abnahm, um sich den Schweiß vom zerfurchten Gesicht zu tupfen.

Seit einer Stunde schon versuchte Manfred Andresen die Chefärztin telefonisch zu erreichen – ohne Erfolg. Nervös lief er auf und ab und beobachtete das Geschehen im Operationssaal über Monitore und durch die Glasscheibe. Und immer wieder sah er auf die Uhr. Wo steckte die Frau nur? Sie müsste längst hier sein.

Auch im Operationssaal wurde man langsam ungeduldig. Der Professor wandte sich an die Assistenzärztin.

»Ja, verdammt noch mal, wo bleibt sie denn?«

»Keine Ahnung«, erwiderte sie, »sie ist bestimmt gleich da.«

Hinter der Glasscheibe sah man Andresen hektisch gestikulieren und klopfen, aber die Ärzte bemerkten ihn nicht. Schließlich drückte er sichtlich genervt einen Knopf. Kurz darauf bellte seine Stimme über die Lautsprecheranlage in den Operationssaal.

»Lutz! Mareike! Kommt ihr bitte mal!«

Das klang nach Ärger, und so betraten nicht nur der Professor und die Assistenzärztin eilig den Nebenraum, sondern auch deren Verlobter Dr. Tim Nicolai. Ein smarter blonder Typ, Mitte vierzig, ebenso geschäftsmäßig gekleidet wie Andresen und offenkundig dessen rechte Hand.

Fassungslos ließ Andresen das Handy sinken und starrte Manteuffel an. »Deine Frau geht nicht ans Telefon! Gott weiß, wo sie steckt.«

Was sollte Manteuffel darauf erwidern? Seine Frau Katja sprach nicht mehr mit ihm, und normalerweise war sie überpünktlich. Irgendetwas musste ihr dazwischengekommen sein.

»Ich kann das nicht glauben!« Andresen schüttelte den Kopf. »Die lässt einfach die OP platzen!«

»Ja, dann müsst ihr halt verschieben.« Ungerührt zog Manteuffel seinen Kittel aus und trat vor die Glasscheibe.

»Lutz, ich bitte dich! Die Patientin liegt auf dem Tisch,

sie ist bereits sediert!« Andresen war außer sich. »Willst du ihr sagen: April, April, wir operieren, wenn unsere Chefärztin Lust dazu hat?«

»Aber Katja verschwindet doch nicht einfach so.« Nachdenklich sah Manteuffel in den Operationssaal. »Ausgerechnet heute!«

Andresen schüttelte hilflos den Kopf.

»Mareike war in alle Tests eingebunden«, mischte sich Dr. Nicolai ein, »sie hätte assistiert.« Er sah Mareike an. »Sie kann genauso gut operieren.«

Manteuffel antwortete nicht. Andresen ging langsam auf ihn zu, stellte sich neben ihn an die Scheibe.

Im OP machte der Anästhesist eine ungeduldige Bewegung. Was ist denn nun?, schien sein Blick zu fragen.

Andresen wandte sich Mareike und ihrem Verlobten zu. »Seid ihr bitte so lieb und lasst uns einen Moment allein?«

Mareike lächelte schwach. Dann verließ sie den Raum. Nicolai folgte ihr.

Andresen wartete, bis beide außer Hörweite waren. Innerlich stand er kurz vor der Explosion, aber er zwang sich zur Ruhe.

»Ich weiß, du machst im Moment eine schwere Zeit durch«, sagte er schließlich und vermied es, den Professor direkt anzusehen. »Aber hier geht es nicht um deine Ehe. Sondern um die Forschung von Jahren! Die *du* angeschoben hast.« Er atmete tief durch und setzte langsam hinzu: »Ich habe dich noch nie um einen Freundschaftsdienst gebeten. – Aber jetzt …«, er sah den Professor eindringlich an, »… jetzt bitte ich dich!«

Manteuffel schluckte. »Okay.« Er wandte sich zum Gehen. »Dann soll deine Tochter operieren.«

Kurz darauf stand Assistenzärztin Mareike Andresen am OP-Tisch und nickte dem Anästhesisten zu.

»Legen Sie mal los!«

Der Anästhesist ließ das Narkosemittel Fentanyl über den Zugang laufen.

»So, Frau Vonk, wir wären dann so weit.« Mareike lächelte die Patientin durch ihren Mundschutz an. »Ich implantiere den Chip direkt auf Ihre Netzhaut. Wollen wir doch mal sehen, ob wir Ihren Sehnerv nicht ein bisschen kitzeln können.« Sie sah zu, wie die Patientin in die Narkose hinüberglitt. »Sie denken jetzt mal an was Schönes.«

Während sie wartete, bis die Patientin eingeschlafen war, fiel ihr Blick durch die Glasscheibe ins Nebenzimmer. Dort stand Tim und nickte ihr zuversichtlich zu: Du schaffst das schon, schien er sagen zu wollen, das ist deine Chance. Nutze sie!

Mareike holte tief Luft.

»Abdecken«, sagte sie knapp, wohl wissend, dass Andresen und Manteuffel an den Monitoren im Nebenzimmer jeden ihrer Schritte überwachten. Die sehen mir genau auf die Finger, dachte sie, ich darf mir keinen Fehler leisten. Ich muss ihnen beweisen, dass ich es kann – vor allem meinem Vater.

Jahrelange Forschungsarbeit stand auf dem Spiel. Die kleinste Unaufmerksamkeit konnte alles zunichtemachen.

Gesicht und Nase der Patientin wurden mit einem Spezialpapier bedeckt, sodass nur noch die Augen sichtbar waren. Mareike hielt einen Moment inne, konzentrierte sich. Dann nahm sie mit ruhiger Hand den Lidspreizer und begann zu operieren.

DREI

Der Name Berlin ist slawischen Ursprungs und bedeutet »Dorf im Sumpf«. Ob Reichstag oder Kanzleramt, Brandenburger Tor oder Museumsinsel – die deutsche Hauptstadt ist auf Morast gebaut. Einst lebten hier Fischer in primitiven Pfahlbauten dies- und jenseits der mäandernden Spree, später waren es vor allem holländische Baumeister, die, vom Großen Kurfürsten und von preußischen Königen ins Land geholt, die ganze Stadt auf Pfählen errichteten. In brandenburgischen Kiefernwäldern geschlagen und auf langen Schuten über die Flüsse Havel und Spree hierhergebracht und verbaut, faulen sie nicht, solange sie im Wasser dem Sauerstoff entzogen sind. Bis heute beruht die Statik der gesamten östlichen Berliner Innenstadt auf jahrhundertealten Holzpfählen und einem Grundwasserspiegel, der immer den gleichen Stand haben muss: Er darf weder ansteigen noch sinken. Da jeder Abriss, jeder Neubau Auswirkungen auf den Pegel hat, muss er mittels komplizierter Drainageanlagen und Spundwannen wieder ausgeglichen werden. Staustufen sichern den Baugrund, für lange Trockenperioden oder zu viel Regen gibt es Überlauf- und Rückhaltebecken.

Eines davon ist der sogenannte Humboldthafen direkt im Zentrum der Stadt. Zwischen Charité Mitte und Hauptbahnhof gelegen, diente er bis in die fünfziger Jahre hinein der Binnenschifffahrt als Güterumschlagplatz. Während der Teilung Berlins lag die Anlage im militärischen Sperrgebiet und verfiel zusehends. Erst mit dem Bau des neuen Hauptbahnhofs hielt das Leben wieder Einzug. Wie in alten Zeiten war der Humboldthafen sechs Jahre lang das Ziel von Frachtkähnen, die Baumaterial heranschipperten, und die Tender lagen so dicht, dass man kaum noch das Wasser sah. Doch bald nach der pompösen Eröffnung des größten europäischen Kreuzungsbahnhofs geriet das Areal erneut in Vergessenheit.

Seitdem verrotten die verwaisten Kais, auf der alten Ladestraße türmen sich Schrott und Bauschutt. Zwischen Autowracks und illegal entsorgten Kühlschränken treffen heruntergekommene Huren ihre letzten Freier, unter wild wachsendem Erlengestrüpp dämmern Junkies dahin, in verlassenen Bauwagen hausen Obdachlose.

Und manchmal hing heulendes Motorengeräusch über dem Gelände, ein Ghettoblaster dröhnte, und zwei Jungs rasten mit lärmenden Motocrossmaschinen an der Kaimauer entlang. Sie nutzten das Gelände am Humboldthafen als innerstädtischen Hindernisparcours, kurvten mit waghalsigen Manövern durch schlammige Pfützen und um rostige Stahlcontainer herum. Als besondere Herausforderung galt ein dunkelblauer Alfa Romeo. Weiß der Teufel, wer den Wagen hier abgestellt hatte, er schien noch gut in Schuss zu sein, der Lack perfekt und keine Beulen. Jeder Touch dürfte also genau zu sehen sein und Punktabzug bedeuten: Ziel war es, den Wagen zu überfliegen, ohne ihn zu berühren – und zwar der Länge nach.

»Gib nicht so an! Traust dich ja doch nicht!«

»Na, wart's ab!« Der Motor heulte auf wie eine Nähmaschine unter Speed, Kupplung kommen lassen und dann mit Vollgas über die aus alten Europaletten gebaute Rampe: Doch der Winkel war zu steil, jäh verlor die

Maschine an Höhe, krachte mit beiden Rädern auf die Kofferraumklappe des Wagens. Der Junge stürzte, rappelte sich aber sofort wieder auf.

»Alles paletti!«, rief er.

»Oh Scheiße!« Sein Kumpel stand wie erstarrt vor der demolierten Heckklappe des Alfas. Sie war aufgesprungen und gab den Blick in den Kofferraum frei. Eine Frau lag darin, Anfang vierzig, blutüberströmt, die Beine eigenartig verdreht. Sie war tot.

***

Die Ärzte in der Augenklinik hatten Stark ein Mittel gespritzt, das die Schwellung abklingen ließ, sodass der Hauptkommissar am nächsten Morgen wieder stereo sehen konnte. Auch, so war es ihm versprochen worden, sollte kein Veilchen zurückbleiben. Trotzdem fühlte sich das Auge noch immer an wie Matsch, und so betastete er es vorsichtig, während er Ritter über das unebene, von Reifenspuren zerfurchte Brachgelände am Humboldthafen folgte.

Mehrere Streifenwagen standen herum, dazu der blaue Bulli der Spurensicherer, die in weißen Ganzkörperoveralls ihrer Arbeit nachgingen, Fotos von der Leiche machten und Reifenabdrücke vermaßen. Oberkommissar Weber, wie immer in Wildlederblouson und Schiebermütze, begutachtete die Leiche. Stark mochte den gedrungenen Mann gern. Weber war ein waschechter Berliner mit sicherem kriminalistischem Gespür. Hatte sein Handwerk noch bei der Volkspolizei gelernt und war trotzdem anständig geblieben.

»Morgen.«

»Morjen.« Weber sah auf und trat einen Schritt beiseite, damit Ritter und Stark die Leiche in Augenschein nehmen konnten.

»Wen haben wir denn da?«

»Frau Professor Dr. Katja Manteuffel«, antwortete Weber, »Chefärztin von der Uni-Augenklinik. Schädelfraktur.«

Wie passend, da war ich gestern auch, dachte Stark, und für einen Moment gruselte es ihn bei der Vorstellung, dass er dort womöglich einen Mörder an sein Auge gelassen hatte. Nicht immer, aber sehr oft waren die Täter unter den Verwandten und engsten Bekannten des Opfers zu finden, und wo lernt man sich besser kennen als im Beruf? Dauernd hängt man aufeinander und nervt sich, da können die schönsten Feindschaften entstehen.

»Die beiden Piepels da habense jefunden.« Weber deutete auf zwei Jugendliche, die etwas abseitsstanden, und besah sich dann interessiert Starks Gesicht. »Mensch, dein Auge sieht ja wie neu aus. – Jut!«

Fühlt sich aber an wie 'ne zerdrückte Pflaume, dachte Stark. Ritter nahm sich die beiden »Piepels« vor.

»Tag! Wie lange stand der Wagen schon da?«

»Ich glaub, seit vorgestern«, antwortete der Schmalere der beiden Jungs.

»Stimmt«, pflichtete der andere bei, »wir haben ein paar Runden gedreht, und da haben wir die Karre gesehen.«

Vorgestern, überlegte Ritter fröstelnd, das war Montag, der 3. März.

»War's da schon dunkel?«

»Klar!« Der Schmalere nickte und lächelte schwach. »Da macht's ja am meisten Spaß!«

Den Alfa Romeo hatten die Spurensicherer bereits

untersucht, diverse Fingerabdrücke waren genommen worden, etwaige Blutspuren gesichert. Stark setzte sich auf den Beifahrersitz und öffnete das Handschuhfach. Ein ganzer Packen Knöllchen fiel ihm entgegen.

»Ein Haufen Strafzettel«, staunte Weber und grinste. »Na ja, vielleicht ist sie ja auch von einer Politesse erschlagen worden.«

Ritter kam heran.

»Guck mal, die macht es wie du.« Stark reichte ihm die Knöllchen. »Im Handschuhfach sammeln und wegschmeißen, wenn's voll ist.«

Ritter sah die Strafzettel durch. Wenn die Tote die Knöllchen so gesammelt hatte, wie sie unter die Scheibenwischer geklemmt worden waren, musste das aktuellste obenauf liegen.

»Hier: 3. März, sechzehn Uhr fünfzehn.« Na, also, dachte Ritter. »Montag, das war vorgestern, vermutlich kurz vor ihrem Tod.« Er gab die Zettel Stark zurück, der sie wieder zurück ins Handschuhfach legte.

»Hat sie irgendwelche Angehörigen?«

»Ja«, nickte Weber, »'n Mann. Herr Professor Manteuffel.« Er machte eine spöttische Miene und setzte bedeutungsvoll hinzu: »Eine gebildete Familie.«

»Neidisch?« Stark sah fragend auf und lächelte.

»Nö!« Weber winkte entschieden ab. »Schon jar nich wegen der Strafzettel.«

Der Ehemann der Toten, so ergab ein Anruf in der Augenklinik, praktizierte nicht mehr selbst, sondern arbeitete ausschließlich für die Forschung. Heute sei der »verehrte Herr Professor« in der Charité Mitte tätig, wo er regelmäßig als Dozent gut besuchte Vorlesungen halte.

Ritter und Stark sahen sich an. Die Charité war in Sichtnähe des Humboldthafens, und so machten sie sich zu Fuß auf den Weg dorthin. Ritter wäre am liebsten nicht mitgegangen; er hasste es, Hinterbliebenen die Nachricht vom Tode ihrer nächsten Angehörigen zu übermitteln. Die meisten fingen dann an zu weinen, brachen zusammen oder hatten anders geartete Gefühlsausbrüche, die zwar verständlich, dem Cowboy aber unangenehm waren. Er fand selten tröstende Worte. Was sollte man auch sagen? In zwei von drei Fällen wussten die Angehörigen schon, was geschehen war, weil sie selbst an der Tat mittel- oder unmittelbar beteiligt waren. Natürlich gaben sie das nicht zu. Aber manchmal verrieten sie sich. Und weil vier Augen mehr sehen als zwei, hatte Stark ihn gezwungen, mitzukommen.

1709 ursprünglich als Pesthaus gegründet, wurde das Gelände am Spreebogen achtzehn Jahre später auf Geheiß König Friedrich Wilhelms I. zum ersten Bürgerkrankenhaus des Kontinents. »Barmherzigkeit« sollte es heißen und der Nächstenliebe dienen. Die »Charité«, wie der preußische Adel es französisch-vornehm nannte, gilt als Grundstein unseres heutigen Systems stationärer Krankenhausversorgung und war einmalig in der damaligen Zeit.

Mit Gründung der Alma Mater Berolinensis durch Wilhelm von Humboldt im Jahre 1810 wurde die Charité Universitätsklinikum mit bald legendärem Ruf. Hier lehrten Berühmtheiten wie Rudolf Virchow, Hermann von Helmholtz, Christoph Wilhelm Hufeland, Robert Koch, Karl Bonhoeffer und Ferdinand Sauerbruch. Allein acht Nobelpreisträger begannen ihre Laufbahn an der Charité, die heute mit ihren drei Berliner Standorten zu den größten Universitätskliniken der Welt gehört.

Entsprechend viel Trubel herrschte denn auch vor dem Hauptportal; Ambulanzen mit Patienten stoppten, Pfleger mit Krankenbahren eilten umher, Praktikanten und geschäftige Ärzte hasteten hinein und heraus.

Ritter und Stark brauchten eine Weile, bis sie sich zum Hörsaal zwo null fünf durchgefragt hatten, und öffneten dann vorsichtig die Tür. Im Auditorium saßen etwa hundert Studenten und lauschten Professor Manteuffels Ausführungen andächtig. Die Luft war stickig, und es roch. Wonach, konnte Stark nicht genau definieren. Der ganze Saal war, der besseren Akustik wegen, mit Holzlamellen verkleidet; die Einrichtung stammte aus den Siebzigern. Der Professor stand vor einer Tafel, auf die mit flüchtigen Kreidestrichen ein menschlicher Augapfel skizziert war, und allein der Anblick ließ Starks Auge wieder schmerzen.

»... zum Beispiel hat der Kollege Robin Ali vom University College in London interessante Ergebnisse bei der Implantation von Netzhautzellen bei erwachsenen Mäusen erzielt.« Manteuffel lächelte und fügte in launigem Plauderton hinzu: »Über eine Reaktion von jugendlichen Mäusen hingegen ist allerdings nichts bekannt.«

Die Studenten lachten und klopften begeistert auf ihre Schreibpulte.

»Danke, das war's«, beendete der Professor aufgeräumt die Vorlesung. »Wir sehen uns nächste Woche wieder. – Und bitte bereiten Sie sich auf das Thema ›Generationen von Photorezeptoren‹ vor.«

Die Studenten verließen geräuschvoll das Auditorium, und die Kommissare gingen langsam die Stufen zum Rednerschreibtisch hinunter, wo der Professor jetzt seine Sachen zusammenpackte. Äußerlich wirkte er wie der nette Onkel von nebenan, ein ruhiger väterlicher Typ mit Halbglatze, warmen Augen und ernsten, aber freundlichen Gesichtszügen.

»Herr Professor Manteuffel?«

»Ja?« Manteuffel sah die Kommissare fragend an.

»Stark. Das ist mein Kollege Ritter. Kriminalpolizei. Es geht um Ihre Frau.«

Manteuffel hob die Augenbrauen. »Und?«

Stark sah zu Ritter, doch der druckste herum und brachte nur ein verlegenes »Ähm« zustande. Wahrscheinlich hätte der Cowboy lieber eine der hübschen Studentinnen eingefangen. Stark wartete einen Moment, doch Ritter machte nur eine bedauernde Miene. Rede du, sagte sein Blick.

»Sie wurde ermordet.«

Stark beobachtete den Professor genau. Wie reagierte er? Tiefe Trauer? Angst? Gespieltes Entsetzen?

»Am Montag hat sie ja noch ...«, Manteuffel starrte die Kommissare an, »... Tests durch...geführt ...« Er konnte nicht weitersprechen, ließ erschüttert Unterlagen fallen. Stark bückte sich danach, doch der Professor war näher dran und sammelte die Papiere geistesabwesend wieder auf.

»Am ...«, sagte er nachdenklich, »... am Sonntagabend hat sie sich von mir getrennt. Ich ...« Jetzt klang seine Stimme plötzlich sehr klar: »›Ich geh ins Hotel‹, hat sie gesagt. Am Dienstag hatte sie diese wichtige Operation, und da ist sie nicht gekommen.« Er atmete tief durch, seufzte leise. »Ich habe versucht, sie zu erreichen, aber ihr Handy war abgestellt.«

Ritter zückte seinen Notizblock. »In welchem Hotel ist sie denn abgestiegen?«

Sieh an, der Cowboy hat seine Sprache wiedergefunden, dachte Stark.

»Weiß ich nicht.« Manteuffel wandte sich widerwillig ab.

»Wir wissen, dass Ihre Frau in der Hannoverschen Straße in Mitte war, kurz bevor sie ermordet wurde.« Stark ließ den Professor nicht aus den Augen. »Haben Sie eine Ahnung, was sie dort wollte?«

»Das Forschungsministerium ist dort.« Manteuffel drehte sich wieder zu den Kommissaren um. »Die OP gehört zu einem Projekt, das vom Ministerium gefördert wird.«

Ritter sah von seinem Notizblock auf. »Was war das denn für eine Operation?«

»Ein Netzhautimplantat. Ganz neuer Chip.«

Aua, dachte Stark, das muss wehtun. Ein ganzer Chip im Auge!

»Das heißt«, vergewisserte sich Ritter, »die OP hat stattgefunden?«

»Ja, ja, ja.« Manteuffel schien plötzlich Atemprobleme zu haben. »Frau Andresen hat …«, sagte er keuchend, »… hat operiert, die eigentlich …«, er schluckte und sank auf seinen Stuhl, »… die eigentlich assistieren sollte.«

»Andresen«, schrieb Ritter mit.

»Und wer wurde operiert?« Das interessierte Stark: Wer war so verrückt und ließ sich einen ganzen Computerchip ins Auge pflanzen? Wie blind musste man da sein?

»Eine junge Frau.« Manteuffel überlegte. »Vonk, Frau Kerstin Vonk.«

Ritter notierte es und steckte seinen Notizblock wieder ein.

Manteuffel hockte zusammengesunken auf seinem Stuhl.

»Morgen ist unser Hochzeitstag«, sagte er leise und sah beklommen auf. »Morgen.«

»Ja dann, ähm …« Raus hier, dachte Stark. Sein Auge fühlte sich plötzlich an, als säße dort auch so ein Chip. Er kämpfte mit aufkommender Übelkeit. »Wiedersehen, Herr Professor Manteuffel. Wir melden uns.« Er wandte sich rasch ab, Ritter folgte ihm.

»Herzliches Beileid«, nuschelte er noch, bevor er den Saal verließ.

Manteuffel blieb zurück. Niedergeschlagen hockte er auf seinem Stuhl und sah ins Leere.

Was war mit Katja geschehen?

VIER

An der frischen Luft ging es Stark wieder besser. Mit Ritter war er sich darüber einig, dass Manteuffels Betroffenheit wahrscheinlich echt gewesen war. Dennoch konnte man den Professor nicht ausschließen. Es kam häufiger vor, dass sich Täter erst beim Auftauchen der Polizei der Tragweite ihrer schrecklichen Tat bewusst wurden und dann mit ungespielter Betroffenheit reagierten, mit Trauer und Entsetzen über das eigene Tun. Oft wird genau dieses Verhalten von den Ermittlern falsch interpretiert; denn wenn die Trauer echt ist, kann derjenige nicht der Täter sein – es sei denn, er ist ein begnadeter Schauspieler.

Doch viel zu oft braucht es den nicht. Der Mensch kann auch über sich selbst entsetzt sein und in Fassungslosigkeit versinken.

Ritter beschloss, sich das Forschungsministerium genauer anzuschauen; die Hannoversche Straße war von der Charité Mitte aus zu Fuß erreichbar.

***

Stark nahm den Wagen und fuhr nach Steglitz in die Rothenburgstraße 15, wo sich das Blindenhilfswerk befand. Eine lange Gebäudezufahrt zwischen sorgsam gepflegten Rasenflächen und Blumenbeeten führte zu einem roten Backsteinhaus. Eine alte Frau ging durch den Park, deutlich war das Klackern ihres Blindenstocks hörbar, mit dem sie den Weg abtastete.

Stark stieg aus und betrat das Gebäude. Um ein Haar

wäre ich hier auch gelandet, dachte er betroffen und sah sich um. Der lang gestreckte Ziegelbau war im 19. Jahrhundert eigens für die »Königliche Blindenanstalt zu Steglitz« gebaut worden. Noch so ein Denkmal vorbildlicher preußischer Krankenversorgung.

Im Eingangsbereich stand ein junger Mann und säuberte mit einem Schrubber den gefliesten Boden.

»Guten Tag!« Stark lächelte. »Entschuldigung, äh ...« Er stockte. Der Mann war augenscheinlich blind.

»Guten Tag!« Die Augen hinter der gelb getönten Sonnenbrille blickten ins Leere.

»Ähm, wo finde ich denn Frau Vonk?«

»Die Kerstin?« Der junge Mann dachte kurz nach. »Erster Stock, letztes Zimmer auf der rechten Seite.«

»Danke«, stammelte Stark perplex.

»Bitte«, erwiderte der Mann und wischte weiter den Flur. Aber wie war das möglich? Verwundert lief Stark weiter, sah sich immer wieder nach dem jungen Mann um. Tatsächlich! Der wischte hier einfach so den Boden. Blind! Wie kann man sauber machen, wenn man den Dreck nicht sieht?

»Vorsicht, da steht mein Eimer«, rief der junge Mann, ohne aufzusehen, doch Stark war schon hineingetreten.

Mist! Er zog den Fuß aus dem Wischwasser.

»Ist nichts passiert«, versicherte er verlegen und stieg mit nassem Schuh und triefendem Hosensaum die Treppe hinauf.

***

Ritter hatte das Ministerium für Bildung und Forschung in der Hannoverschen Straße erreicht, ein modernes Gebäude mit Glasfassade und viel weißem Marmor. Hinter einem schusssicheren Glaskasten im Entree saß ein kahlköpfiger Pförtner um die fünfzig. Brille, gepflegter Bart, dunkler Anzug. Typ Bonner Oberstudienrat.

»Guten Tag.« Ritter zog seinen Ausweis. »Ich hab eine Frage!«

»Tag.«

Ritter holte ein Foto hervor, das die Spurensicherer noch am Tatort mit einer speziellen Polaroid gemacht hatten.

»Diese Frau hier, die war am Montag vermutlich bei Ihnen. – Erinnern Sie sich?«

Der Pförtner war sichtlich entsetzt. Eine Tote, oh Gott, so was wäre in Bonn nie vorgekommen.

»Das ist ...«, um Fassung bemüht griff er sich an die Krawatte, »... Frau Professor Manteuffel.«

»Ja.« Ritter steckte das Foto wieder ein. »Und? War die hier?«

Der Pförtner zog ein Buch heran und blätterte hastig darin.

»Um fünfzehn Uhr neunundvierzig.« Er sah auf. »Eine Minute nach halb fünf hat sie das Haus wieder verlassen.«

»Und zu wem wollte sie?«, fragte Ritter ungeduldig. »Steht das auch in Ihrem schlauen Buch?«

»Zu Frau Wenger«, antwortete der Pförtner. »Die ist wissenschaftliche Mitarbeiterin bei uns.«

***

Stark lief mit quietschendem feuchtem Schuh durch den ersten Stock des Blindenhilfswerkes und klopfte an die letzte Tür auf der rechten Seite.

»Ist offen«, kam von drinnen eine helle Stimme.

»Frau Vonk?« Er trat vorsichtig ein.

Kerstin Vonk war eine hübsche junge Frau von etwa Mitte zwanzig. Sie hatte das lange, rötlich blonde Haar zu einem Zopf gebunden und trug eine große, dunkle Sonnenbrille vor den frisch operierten und verbundenen Augen.

»Mein Name ist Felix Stark.«

Kerstin Vonk stutzte und gab ihm die Hand.

»Ich kenn Sie doch«, sagte sie nach einer Weile.

»Ja.« Auch Stark erkannte in der jungen Frau die blinde Patientin aus dem engen Flur der Augenklinik wieder. Sie war genauso groß wie er oder besser: genauso klein?

»Sie waren im Krankenhaus«, erinnerte sich Kerstin Vonk, »Sie hatten was am Bein.«

»Ich fürchte, es war mehr das Auge.«

»Willkommen im Club.« Kerstin Vonk lächelte scheu und wies in ihr Zimmer. »Kommen Sie doch rein.«

Doch an der Art, wie Stark durchs Zimmer schritt, erkannte sie offenbar, dass er kein Blinder war. Unsicher setzte sie sich.

»Sie sind doch hoffentlich keiner von denen, die blinden, jungen Frauen nachstellen?«

»Nein«, versicherte Stark schnell und dachte an einen amerikanischen Thriller aus den vierziger Jahren. In »Die Wendeltreppe« von Robert Siodmak ging es um einen Serienmörder, der es auf behinderte Frauen abgesehen hatte.

Zwar war das Mädchen im Film stumm, aber wie viel hilfloser noch musste man sich als Blinde fühlen, wenn plötzlich eine fremde Person das Zimmer betrat.

»Ich bin bei der Kriminalpolizei«, erklärte er der jungen Frau. »Frau Dr. Manteuffel ist ermordet worden.« Das klang zwar auch nicht viel beruhigender, erklärte aber zumindest den Grund seines Hierseins.

Kerstin Vonk schwieg betroffen. Natürlich war die Nachricht ein Schock für die junge Frau, vermutlich war sie von der Professorin mehrmals untersucht worden. Doch war das alles?

Kerstin Vonk atmete tief durch.

»Wann denn?«, fragte sie schließlich leise.

»Montag«, sagte Stark abwartend. Normalerweise stellten Menschen, denen eine Todesnachricht überbracht wurde, Fragen wie »Was ist passiert?«; sie wollten genauere Umstände des Todes hören, und noch weit vor der Frage »Wann?« kam die Frage nach dem Warum. Aber Kerstin Vonk wollte den Zeitpunkt wissen.

»Wann hatten Sie sie denn das letzte Mal gesehen?« Das war natürlich unpassend, dachte Stark, denn sehen konnte Kerstin Vonk ja nichts. Aber hätte er sagen sollen »gehört«? Das kam ihm nun noch blöder vor. Dann fiel es ihm ein: Getroffen, dachte er, ich hätte sie fragen sollen, wann sie die Manteuffel das letzte Mal getroffen hat.

Kerstin Vonk biss sich auf die Lippen. Dachte sie nach oder zog sie für sich Schlüsse? Wusste sie etwas oder wurde ihr nur plötzlich klar, dass sie deshalb von der Assistentin operiert worden war, weil die Chefin gestorben war, tot, ermordet …?

»Montag früh«, antwortete Kerstin Vonk tonlos. »Sie hat noch einen Test mit mir gemacht. Für die Operation.«

»Ach ja, dieses Netzhautimplantat.« Starks Auge begann wieder zu schmerzen. Warum unterzog sich das Mädchen freiwillig einer solchen Operation?

Kerstin Vonk schwieg.

»Heißt das, Sie werden wieder sehen können?«

»Drücken Sie mir die Daumen?« Kerstin Vonk stand wieder auf und ging direkt auf Stark zu. Der trat beiseite. »Der Chip wird allerdings erst übermorgen aktiviert. Wenn die OP-Schwellung abgeheilt ist.«

»Das klingt doch phantastisch!«

»Ja, das ist es.« Sie nahm ihren Mantel, einen olivgrünen Lammfell-Parka mit pelzverbrämter Kapuze, der auf der Couch lag. »Bisher konnte man bloß tausendfünfhundert Pixel aktivieren, in Schwarz-Weiß. Bei meinem Chip sind es aber zwei Millionen!« Kerstin Vonk lächelte schwach. »Wenn ›Phydra‹ ein Erfolg ist, werde ich Farben sehen können!«

»Phydra?« Stark sah fragend auf.

»Ja«, bekräftigte Kerstin Vonk, »so heißt das Projekt.«

Phydra ... Trotz humanistischer Halbbildung konnte Stark mit dem Begriff nichts anfangen. Phyllit war ein dünnblättriger Schiefer, aber Phydra? Wies das auf einen besonders dünnen Chip hin oder auf etwas Pflanzliches, etwas, das im Auge nicht schmerzte? Die Hoffnung der jungen Frau war auf jeden Fall spürbar, sie klammerte sich an diesen Phydra-Chip, der ihr womöglich das Augenlicht zurückgab. Deshalb hatte sie sich auf das Experiment eingelassen, für diesen Traum ließ sie alles mit sich machen.

Stark atmete tief durch und fühlte sich plötzlich ziemlich erbärmlich. Da hatte er so einen Aufstand wegen seines Matschauges gemacht, und das Mädchen hier ...

Sie stand an einer kleinen Kommode an der Wand, nahm ihren Blindenstock. »Kommen Sie mit raus? Ich brauch frische Luft.«

Ja, dachte Stark, ich auch.

Er versuchte, sich wieder auf den Fall zu konzentrieren. Immerhin war eine Frau brutal ermordet worden, eben die Ärztin, von der Kerstin Vonk behandelt worden war. Möglicherweise wusste die junge Frau mehr, als ihr lieb war. Ihre Reaktion vorhin war jedenfalls nicht die eines Menschen in völliger Arglosigkeit gewesen.

»Sie haben ja viel Zeit mit Frau Dr. Manteuffel verbracht. Ist Ihnen dabei irgendwas Ungewöhnliches aufgefallen?«

Stark folgte Kerstin Vonk in den Flur und sah zu, wie sie sich routiniert, die Hand auf einem an der Wand angebrachten Geländer, in Richtung Treppe tastete.

»Hat sie mal einen Anruf bekommen, auf den sie merkwürdig reagiert hat? Oder hatte sie Streit mit jemandem?«

»Nein.« Kerstin Vonk zögerte. »Eigentlich nicht.«

Was bedeutete »eigentlich«?

»Wirklich nicht?«, insistierte Stark und folgte der jungen Frau die Treppe hinunter.

»Ich will niemanden beschuldigen«, sagte Kerstin Vonk zögernd, »und es hat sicher auch nichts zu bedeuten.«

In einem Mordfall kann nichts alles bedeuten, dachte Stark und fragte: »Was denn?«

»Na ja. Eigentlich sollte Frau Professor Manteuffel mich ja operieren.« Sie liefen über eine kleine Rampe in den Garten hinaus. »Aber weil sie halt nicht da war, hat Frau Dr. Andresen das gemacht, die Oberärztin. Ein paar Tage vorher habe ich gehört, wie sie sich mit Frau Manteuffel gestritten hat. Ziemlich schlimm.«

Am Ende der Rampe stand ein sogenannter Mobilitätstrainer. Er übte mit einem jungen Mann, der offenbar frisch erblindet war, den Umgang mit dem Blindenstock.

»... und solche akustischen Signale helfen dir bei der Orientierung in der Stadt und im ...«

»Straßenverkehr«, beendete Kerstin Vonk lachend den Satz. Sie kannte die Sprüche des Trainers offenbar schon.

»Hallo, Thomas«, begrüßte sie den jungen Blinden.

»Hallo, Kerstin!« Der Blinde trat etwas unbeholfen beiseite und deutete eine galante Verbeugung an. »Da lassen wir die Dame mal vorbei und sind Gentlemen, was?«

»Danke«, lächelte Kerstin.

Auch Stark bedankte sich. Streit zwischen Ärzten also ..., dachte er.

»Wissen Sie, worum es ging?«

»Um mich, um die OP.«

Wahrscheinlich standen sich die Frauen in Sachen Karriere gegenseitig im Weg. Aber dass sie ihr Konkurrenzgerangel vor den Patienten austrugen? Menschen, die Angst um ihre Gesundheit hatten, denen eine schwierige Operation bevorstand? Stark schüttelte unmerklich den Kopf. Da hatte sich wohl jemand nicht mehr unter Kontrolle gehabt. Er blieb stehen und sah Kerstin Vonk an.

»Worum ging es denn genau?«

Sie überlegte nur kurz.

»Sie hat gesagt: ›Freu dich nicht zu früh, die OP ist noch nicht gelaufen.‹«

***

»Frau Wenger?«

Ritter war die attraktive Blondine im Forschungsministerium gleich aufgefallen. Das war ein Feger, meine Herren, das Haar schimmernd wie Seide, eine Traumfigur und endlose Beine. Fest entschlossen, die Dame nicht entkommen zu lassen, stürmte er heran.

»Entschuldigung, hätten Sie eine Minute?«

Judith Wenger sah sich ungehalten um und lief weiter.

»Tut mir leid, ich habe es sehr eilig.«

Ritter hielt ihr seinen Dienstausweis hin. Damit konnte man jede Frau stoppen. Man war ja nicht irgendein Streifenbulle, sondern …

»Ich bin von der Kriminalpolizei.«

»So sehen Sie gar nicht aus.« Judith Wenger lächelte spöttisch und lief weiter.

»Ist das jetzt ein Kompliment?« Was stellte sich die Frau vor: Bruce Willis? Al Pacino?

»Was habe ich denn ausgefressen?«

Ah, jetzt wird sie kokett, dachte Ritter zufrieden. Mal sehn, was sie sagt, wenn sie merkt, dass ich gar nicht ihretwegen hier bin.

»Es geht um Katja Manteuffel. Die war doch am Montag bei Ihnen, oder?«

»Ja, sie hatte einen Termin wegen eines Forschungsprojektes der Uniklinik.« Judith Wenger blieb geschäftsmäßig kühl. »Das wird von unserem Haus gefördert. Was ist denn mit Frau Manteuffel?«

»Sie ist tot.«

Judith Wenger blieb entsetzt stehen.

Tja, so läuft das eben in dieser gefährlichen Stadt, dachte Ritter.

»Sie wurde ermordet«, setzte er mit abgeklärter Miene hinzu.

Judith Wenger sah ihn an. Ein feines, sehr sinnliches Gesicht mit großen Augen, blau und tief wie ein Vulkansee. Sie schimmerten feucht und voller Angst.

Keine Panik, Süße, ich bin dein Beschützer. Die Polizei – dein Freund und Helfer!

»Kannten Sie sich gut?«

»V-von der Arbeit halt«, stammelte Judith Wenger verwirrt. »Wir ... wir haben jahrelang zusammengearbeitet.« Fassungslos wandte sie sich ab. »Wer tut denn so was?«

Wie fragil sie plötzlich wirkte. Und wie schön sie war, so voller Anmut, in ihrem zarten Pullover und dem eng anliegenden Rock, der nur Tippelschritte zuließ. Ganz reizend war auch ihr Hintern, besonders wenn sie, wie jetzt, eine Treppe hinaufstieg. Ritter blieb dicht an ihr dran.

»Kennen Sie auch den Mann von Frau Manteuffel?«

»Den alten Professor?« Judith Wenger nickte. »Ja. Vorher liefen die Forschungsprojekte ja über ihn. Es war seine Idee, das Netzhautimplantat überhaupt entwickeln zu lassen.« Sie blieb stehen und musterte Ritter prüfend. »Sie hat ihn in seiner Chefarztposition beerbt. Er betreibt jetzt nur noch Lehrtätigkeit.«

»Man könnte fast denken, er wäre ihr Vater.«

»Ja.« Judith Wenger schlug die schönen Augen nieder. »Ich glaube, sie hat ihn in ihrer Assistenzzeit kennengelernt. – Entschuldigung. Ich muss jetzt wirklich in meine Referatskonferenz.«

Und damit entschwand sie wie eine Traumgestalt. Ritter sah ihr versonnen nach.

Dann zog er sein Handy hervor und wählte eine Nummer.

»Ja, Stark?«

Stark war gerade auf dem Weg zum Auto und hatte wenig Lust, sich Ritters Schwärmereien von überirdisch schönen Frauen anzuhören.

»Ja, du, ich hab auch was Interessantes«, unterbrach er den Kollegen. »Können wir uns in Adlershof treffen? Newtonstraße 15?« Dort war nach Kerstin Vonks Aussage der Sitz der CORNEA-AG, jener Firma, die das ominöse Phydra-Projekt betreute.

Ritter erzählte was von einem Mietwagen, den er sich noch besorgen müsse, um auch privat in Sachen Judith Wenger mobil zu bleiben. Aber in einer Dreiviertelstunde könne er in Adlershof sein. Ob das okay sei?

»Ja«, antwortete Stark und stieg in sein Auto.

FÜNF

Es dämmerte bereits in Adlershof, dem Silicon Valley Berlins, und ein feiner Nieselregen setzte ein. Im Laufe der letzten Jahre hatten sich auf dem ehemaligen Gelände des DDR-Staatsfernsehens unzählige Start-ups und Technologiefirmen niedergelassen. Eine ökonomische Erfolgsgeschichte in der sonst so unwirtschaftlichen Hauptstadt der Subventionen. Hier wurden noch Steuern gezahlt, hier traf sich das weltweite Who's Who aus Forschung, Kreativität und Technologie und baute an der Zukunft. Wer im Technologiepark Adlershof seine Firma hatte, gehörte zur wirtschaftlichen Elite.

Während Stark aus Steglitz über die Stadtautobahn hierhergefahren war, kam Ritter im silbergrauen Mietwagen über das Adlergestell und die Dörpfeldstraße aus Mitte. Nun trafen sich die beiden Autos auf der Newtonstraße. Ritter deutete fragend auf ein Gebäude gegenüber. Stark nickte. Über dem Eingang stand groß in unbeleuchteten weißen Lettern: »CORNEA-AG«.

Cornea hieß Netzhaut, das hatte Ritter gegoogelt, als er auf den Mietwagen gewartet hatte. Interessant.

Die Kommissare betraten das moderne Foyer und sahen sich um. Viel Chrom und gebürsteter Stahl, an einer Wand das übergroße Modell einer menschlichen Pupille mit dem zweideutigen Slogan »That's better to see you!«.

Stark wandte sich an den Portier. »Guten Tag. Wir möchten zu Frau Dr. Andresen. Man hat uns gesagt, dass sie hier ist.«

»Ja«, der Portier zeigte auf eine Treppe gegenüber, »die finden Sie oben im ersten Stock im Konferenzsaal.«

»Danke!« Sie strebten auf die Treppe zu und liefen hoch ins Obergeschoss.

Dort, im vom Portier genannten Konferenzsaal, hatte Dr. Nicolai die Belegschaft versammelt. Mit belegter Stimme begann er:

»Sie wissen, was heute Schreckliches passiert ist. Katja Manteuffel wurde ermordet aufgefunden.« Er machte ein tragisches Gesicht, ging langsam auf und ab und sah jedem seiner Mitarbeiter einzeln in die Augen. »Die CORNEA-AG bildet mit der Uniklinik nicht nur eine Forschungsgemeinschaft. Sie ist vor allem eine Gemeinschaft von Menschen.«

Ritter und Stark näherten sich und erkundigten sich bei einem der Mitarbeiter leise nach Frau Andresen.

»Professor Manteuffel«, so Dr. Nicolai weiter, »gilt mein tief empfundenes Beileid. Wir werden das für unser Haus mit einer Todesanzeige ...« Er verharrte in dramatischer Trauer, nachdem er die beiden Kommissare bemerkt hatte.

»Frau Andresen?«

Die Frau, die ganz in Schwarz gekleidet direkt neben der Tür saß, sah auf.

»Stark!« Der Kleine deutete auf den Großen. »Das ist mein Kollege Ritter, Kriminalpolizei. Hätten Sie einen Moment Zeit für uns?«

Doch schon war Dr. Nicolai heran und komplimentierte die Kommissare gestenreich vor die Tür.

»Bitte draußen, da sind wir ungestört.«

Verblüfft sahen sich die Kommissare an.

»Wir wollten eigentlich mit Frau Andresen sprechen«,

sagte Ritter ungehalten, und man merkte ihm an, dass er männliche Blondinen nicht ausstehen konnte. Vor allem nicht, wenn sie sich so aufdrängten.

»Tim Nicolai«, der Blonde schüttelte Ritter die Hand, wie er es vermutlich bei seinem amerikanischen Businesscoach gelernt hatte, nicht zu fest, aber mit deutlicher Autorität, »ich bin der Leiter des Unternehmens und der Verlobte von Frau Dr. Andresen.« Er legte ihr den Arm um die Schulter und raunte ihr zu: »Es ist dir doch recht, wenn ich dabei bin?«

»Ja, natürlich«, versicherte Mareike Andresen und ließ sich von ihm hinausschieben.

Na, da passt aber einer auf, dachte Stark. Er nickte Ritter vielsagend zu, und die Kommissare folgten den beiden in den Flur.

»Sie sind Oberärztin an der Uniklinik?« Stark sah Mareike Andresen aufmerksam an. Auch sie war blond, der unterkühlte, nordische Typ, nicht mehr ganz jung.

»Ja.«

»Wie war Ihr Verhältnis zu Frau Manteuffel?«

»Professionell«, antwortete Mareike Andresen knapp.

Nicolai hatte sie schützend in den Arm genommen und lauschte den Fragen der Kommissare aufmerksam.

Ritter versuchte, ihn zu nicht zu beachten und ruhig zu bleiben, obwohl es ihm schwerfiel. Es gab Typen, die konnte er auf den ersten Blick nicht leiden, und dieser Nicolai gehörte dazu.

Ein Großmaul von der Sorte, wie man sie in der Schule gern verprügelt hat. Ohne Grund. Einfach weil sie da waren und nervten. – Wie konnte man mit so einem verlobt sein?

»Diese OP«, fragte Ritter betont ruhig, »war eine große Sache, kann man das so sagen?«

»Ja, das kann man so sagen«, bestätigte Mareike Andresen.

Gut, dachte Ritter, dann kratzen wir doch mal ein bisschen an ihrem medizinischen Selbstbewusstsein. »Und Sie waren dafür qualifiziert?«

»Mareike besitzt zwei Doktortitel«, erklärte Nicolai mit bedeutungsvoller Miene, »in Augenchirurgie und in Neurophysiologie. Im Vergleich zu Katja Manteuffel hatte sie sogar die höhere Qualifikation.«

Ritter wechselte einen vielsagenden Blick mit Stark und wandte sich wieder an Mareike Andresen: »Aber Sie waren nur für die Assistenz vorgesehen, da die OP eigentlich und automatisch der Chefärztin zustand, ist das richtig?«

»Ja, das ist richtig.«

»Ich bitte Sie«, mischte sich Nicolai wieder ein, »soll das heißen, dass Sie Mareike verdächtigen?« Herausfordernd sah er die Kommissare an. »Geht das so schnell bei Ihnen?«

Und wenn, dachte Ritter, macht dich das etwa nervös?

Mord aus Karrieregründen, überlegte Stark, nicht schlecht: Meist töteten die Leute aus Eifersucht oder Habgier. Manchmal kam im Affekt auch verletzte Eitelkeit hinzu. Oder Rache. Und jedes dieser Motive war auch im Kampf um die steilere Karriere zu finden. Es kam auf den Ehrgeiz an.

»Wir wissen nur eines«, Stark sah erst zu Nicolai, dann zu Mareike Andresen, »weil Frau Professor Manteuffel tot ist, haben Sie Ihre Chance bekommen.« Es klang nicht unironisch. »Ein richtiger Karrieresprung. Aus heiterem Himmel. Und ganz unverhofft, oder?«

»Hören Sie mal«, erwiderte Mareike Andresen mühsam beherrscht, »ich war genauso überrascht wie jeder andere aus dem Team.«

»Okay.« Stark lauerte. »Nur fürs Protokoll: Wo waren Sie Montag, so um siebzehn Uhr?«

Und natürlich antwortete wieder nicht Mareike.

»Montag?« Betont nachdenklich sah Nicolai seine Verlobte an. »Da haben wir beide bei mir zu Hause gearbeitet.« Erneut wechselten die Kommissare genervte Blicke, doch er ignorierte es. »Ich am Laptop, und Mareike hat sich mit einer Fortbildung beschäftigt.« Er lächelte die Kommissare triumphierend an. »Dann haben wir ferngesehen, und dann sind wir früh ins Bett.«

»Druckreif formuliert«, spottete Ritter, »perfekt.«

Es war klar, dass man um diesen Dr. Nicolai nicht herumkam. Entweder er hatte etwas mit der Sache zu tun – dann verhielt er sich allerdings ziemlich dumm –, oder er war ein gnadenlos eitler Narziss, der es nicht ertragen konnte, wenn er nicht im Mittelpunkt stand. In beiden Fällen musste man ihn ernst nehmen, zumal Stark gern gewusst hätte, was es mit diesem Netzhautchip auf sich hatte.

»Und Sie sind hier der Leiter des Instituts?«, fragte er. »Und also auch der Leiter von Phydra?«

Nicolai straffte sich. Endlich durfte er zeigen, was er draufhatte.

»Ich führ Sie gern rum«, sagte er zuvorkommend und wies den Weg. »Kommen Sie!«

Ritter verdrehte die Augen und sah Mareike Andresen mitfühlend an. Mehr konnte er nicht für sie tun. Was stand sie auch auf so bekloppte Typen.

»Danke«, sagte er knapp, nickte ihr zu und folgte Stark und Nicolai ins Labor.

Hinter elektronischen Sicherheitsschleusen mit Irisscannern und biometrischer Gesichtserkennung führte ein fahl von Neonröhren beleuchteter Gang an dicken, geräuschdämmenden Glasscheiben vorbei. Dahinter sah man komplizierte Apparaturen und Angestellte in Sterilanzügen – Ganzkörperkondome, wie Ritter das nannte. Er warf seinem Partner einen missbilligenden Blick zu. Warum biederte sich Stark diesem Nicolai so an? Der platzte doch ohnehin fast vor Wichtigkeit. Was wollte er damit bezwecken?

»Kerstin Vonk hat mir gesagt, dass sie mit Ihrem Chip Farben sehen wird.« Stark spielte gekonnt den Naiven. »Ich habe da mal eine dumme Frage«, sagte er entschuldigend, »was ist an dem Verfahren so besonders?«

»Das«, Nicolai winkte herablassend ab, »ist für einen Laien nur schwer verständlich.«

»Na, versuchen Sie es doch mal«, motzte Ritter von hinten.

»Vereinfacht gesagt«, Nicolai lächelte nachsichtig, »Farben sind der Schlüssel zu unserer räumlichen Wahrnehmung. Nur so grenzen sich die Objekte voneinander ab.«

Ach nee! Ritter beobachtete durch die Glasscheibe eine junge Frau mit hübschem Schmollmund. Leider war ihr sicher ganz netter Körper von einem dieser abtörnenden Schutzanzüge verhüllt, was Ritters Laune nicht unbedingt verbesserte.

»Also das heißt, Sie betreten mit Ihrem Chip Neuland?«, fragte Stark ehrfürchtig.

»Vergessen Sie alles, was Sie vielleicht über ähnliche Projekte gelesen oder gehört haben.« Nicolai blieb großspurig vor einer weiteren Schleusentür stehen. »Wir bauen einen Ferrari, die anderen einen Traktor.«

Versuch mal mit ‘nem Ferrari ‘n Feld zu bestellen, du Wicht! Ritter atmete mürrisch aus. Viel lieber würde er noch mal Judith Wenger befragen. Stattdessen musste er diesen aufgeblasenen Nicolai ertragen. Stark mimte eifrig den interessierten Laien und deutete auf die verschlossene Schleuse.

»Was passiert denn da drin?«

»Kommen Sie!« Nicolai marschierte voran. »Ich zeige es Ihnen.«

»Das heißt jetzt aber nicht …« Mit Entsetzen sah Ritter, dass Stark und Nicolai auf eine Tür mit der Aufschrift »Schutzkleidung – rein« zugingen, »dass wir diese albernen Anzüge anziehen müssen, oder?«

Genau das hieß es. Kurz darauf betraten Stark, Ritter und Nicolai in staubabweisenden Overalls aus antistatischem, entmagnetisiertem Gewebe den sogenannten »Reinst-Raum«.

Es war eng. Mitarbeiter hockten vor Monitoren, über die endlose Zahlenreihen flimmerten, und kontrollierten den voll automatisierten Produktionsablauf. Überall surrten Computerlüfter und Unterdruckzentrifugen. Irgendwo klingelte ein Telefon.

»Kommen Sie mal mit!«

Nicolai ging zu einem seiner Mitarbeiter, der eine runde Scheibe mit Mikroprozessoren prüfte, und – »Darf ich mal?« – nahm sie ihm aus der Hand, um sie den Kommissaren zu zeigen.

»Auf jedem Quadratzentimeter sind eine Milliarde Transistoren. Das ist so, als würde die Gesamtbevölkerung Indiens auf Helgoland Urlaub machen.«

Stark nickte mit höchst beeindrucktem Gesichtsausdruck; Ritter dagegen wirkte, als habe er Magenprobleme.

»Ich zeig Ihnen noch was«, sagte Nicolai mit gewichtiger Miene und führte sie zu einer weiteren Glaswand, hinter der sich die Brennkammer befand.

»Hier werden die einzelnen Schichten auf den Chip aufgedampft.«

Ein computergesteuerter Präzisionslaser brannte elektronische Schaltkreise in die Wafer-Platte des Implantats. Es wirkte überraschend groß und hatte die Form eines Schlüssels.

Und das kam ins Auge? Stark bekam sofort wieder Schmerzen und wandte sich rasch ab.

»Und Ihr Fachgebiet ist …?«, fragte er.

»Informatik«, antwortete Nicolai.

Ohne hinzusehen, deutete Stark auf den Chip in der Brennkammer.

»Und das ist Ihre Erfindung?«

Nicolai nickte lässig. »Mein Baby, ja!«

Ritters Handy piepte, aber er kam nicht ran, weil er in diesem dämlichen Ganzkörperanzug steckte. Hektisch flüchtete er aus dem Labor. Das Handy verstummte. Hoffentlich hat sie eine Nachricht hinterlassen, dachte er, als er sich aus dem Anzug schälte. Aber es war nicht, wie erhofft, Judith Wenger, die ihn angerufen hatte. Auf dem Display stand die Nummer der Rechtsmedizin. Offenbar hatten die Pathologen etwas gefunden.

***

Das Landesinstitut für gerichtliche und soziale Medizin befand sich in der Moabiter Turmstraße, unweit des alten Berliner Leichenschauhauses, das den Anforderungen moderner Kriminalistik nicht mehr genügte und vor einigen Jahren einem Aldimarkt hatte weichen müssen.

Die Kommissare standen am Seziertisch, auf dem, nur unzureichend mit einem Tuch bedeckt, die Tote lag.

»Katja Manteuffel, einundvierzig Jahre alt«, der Gerichtsmediziner trat geschäftig heran, »Todesursache: Schädelbasistrauma.«

»Die Tatwaffe«, fragte Ritter, »gibt's da schon irgendeinen Hinweis?«

»Die KT hat mit UV-Licht Blutspuren am Türholm sichtbar gemacht. Und das passt auch dazu.« Der Gerichtsmediziner bückte sich und nahm vorsichtig die rechte Hand der Toten. »Mehrere Fingernägel sind abgebrochen.« Er ließ die Hand sinken und richtete sich wieder auf. »Einen davon haben Ihre Kollegen in der Griffinnenseite der Fahrertür gefunden.«

»Also, sie hat ihren Mörder getroffen ...« Stark sah nachdenklich zu Ritter.

Der nickte langsam. »Dann hatte sie es plötzlich eilig und hat versucht, die Tür aufzureißen.«

Das sieht nach Ausraster aus, dachte Stark, nicht nach geplantem Mord. Zwei im Auto streiten sich heftig. Vielleicht provoziert sie ihren Mitfahrer – plötzlich geht es um alles oder nichts.

»Und der Täter oder die Täterin nimmt ihren Kopf und« – schlägt ihn immer wieder gegen den Türholm des Wagens – »bamm, bamm, bamm« – Blutrausch, da sieht jemand rot, ist außer sich vor Wut, wie von Sinnen, Mord im Affekt – »und Ende.«

»So könnte es gewesen sein«, nickte der Gerichtsmediziner.

Blieb bloß noch die Frage zu klären, was welchen Tatverdächtigen derart in Rage hatte versetzen können.

Wir müssen uns das Umfeld der Toten näher anschauen, dachte Stark, einen nach dem anderen abhaken. Und mit Manteuffel fangen wir an.

»Hier ist übrigens noch was.« Der Gerichtsmediziner sah auf seine Diagnosekladde und zog ein kleines Plastiktütchen hervor, das eine kleine Metallschraube enthielt. »Vielleicht können Sie damit etwas anfangen.« Er reichte das Tütchen Stark. »Sie hatte Stiefel an, und die Schraube klemmte im Sohlenprofil.«

Stark gab die Tüte an Ritter weiter. Technik war nicht so sein Fall. Ritter war der Schrauber von ihnen beiden. Der hielt das Tütchen gegen das Licht und besah sich fachmännisch die Schraube.

Inches, kein europäisches Fabrikat. Die Dinger wurden vor allem in den USA verwendet. Aber was hatte das mit diesem Fall zu tun?

SECHS

Über die Pücklerstraße im vornehmen Villenviertel am Grunewald rollte langsam eine dunkle Audi-Limousine. Manfred Andresen bog in die Amselstraße ein, stoppte nach einigen Metern vor einer großzügigen, in den späten sechziger Jahren erbauten Villa und stieg aus. Das Tor der Doppelgarage stand weit offen. Drinnen schraubte Professor Manteuffel an einer barocken Harley-Davidson herum. Eine echte Liebhabermaschine, hubraumstark und mit viel Chrom.

Andresen trat mit beklommener Miene hinzu. »Hallo, Lutz«, sagte er mit belegter Stimme.

Manteuffel hob den Kopf, nickte Andresen zu. Unschlüssig hielt er einen abgebauten Zweiersitz in der Hand.

»Früher hatte ich immer den Einzelsitz drauf.« Er kam heran, bückte sich ächzend nach einem Maulschlüssel. »Aber irgendwann ist Katja mitgefahren, da haben wir die Doppelbank angeschafft. – Ihretwegen.«

Andresen sah ihn betroffen an. »Du, ich weiß überhaupt gar nicht ...« Er atmete durch, suchte nach Worten: »Das tut mir so leid!«

»Hilf mir doch mal.« Manteuffel drückte ihm den Sitz in die Hand. »Ich glaub, ich brauche den Neuner-Inbus.«

Über die Einfahrt näherten sich, von Andresen und Manteuffel unbemerkt, die Kommissare.

»Morgen.« Stark nickte den beiden Männern zu.

»Tach!« Ritter betrat die Garage wie der Sheriff den Saloon und ging in seinen Büffellederstiefeln lässig auf das aufgebockte Motorrad zu.

»'ne Harley!« Damit kannte er sich aus. »Ist das Ihre?«

Manteuffel nickte skeptisch.

Frauen und Karren, dachte Stark, mehr braucht es nicht, und der Cowboy ist glücklich. Nachdenklich musterte er Andresen, der einen edlen Mantel aus feinster Schurwolle trug. Musste ein Vermögen gekostet haben.

»Schönes Stück.« Ritter lief langsam um die aufgebockte Harley herum und reflektierte mit Kennermiene, was er sah: »Flathead mit unten liegender Nockenwelle, Springergabel, Fishtails ... Und kleine Kennzeichen, na, die kriegste heute gar nicht mehr. Cat Eyes, Ami-Auspuff.« Er blieb stehen und sah den Professor an. »Was sagt denn der TÜV dazu?«

Manteuffel schwieg verblüfft.

Ritter sah geringschätzig auf die Doppelbank. So was fuhren nur Weicheier und Paare. Aber der Professor war ja jetzt Witwer, deshalb hatte er das Ding wohl ausgetauscht.

»Die sieht mit einem Einzelsitz tatsächlich schöner aus.«

»Wie nennt man das denn jetzt?« Stark wandte sich an Manteuffel. »Trauerarbeit?«

»Wer sind Sie eigentlich?« Andresen war empört über das ungehobelte Auftreten der ihm unbekannten Männer.

»Wir sind die Polizei«, Ritter würdigte ihn keines Blickes, »und Sie?«

»Manfred Andresen. Ich bin ein Freund von Herrn Manteuffel.« Verärgert sah er Stark an. »Und jeder trauert doch wohl auf seine Weise!«

»Sind Sie mit Mareike Andresen verwandt?«

»Ich bin ihr Vater.« Es klang wie ein Vorwurf. »Und der Vorstandsvorsitzende der CORNEA-AG«, setzte er drohend hinzu. »Mareike hat mir von Ihren Anschuldigungen erzählt. Sie erlauben, dass ich mir rechtliche Schritte vorbehalte.«

»Tun Sie sich keinen Zwang an«, knurrte Ritter.

Andresen winkte ab. Mit diesen Beamten würde er kein Wort mehr wechseln. Demonstrativ hockte er sich zu Manteuffel vor das Motorrad und reichte ihm den Inbus-Schlüssel.

Stark trat heran und sah zu, wie die beiden an der Harley herumwerkelten.

»Ihre Tochter und die Frau von Professor Manteuffel haben sich gehasst. Das wird man ja wohl sagen dürfen.«

»Wir sind schon sehr lange befreundet.« Andresen kam wieder hoch. »Und wir haben das immer auseinandergehalten.«

Manteuffel nickte bekräftigend.

»Ist doch schön, wenn man das kann«, sagte Ritter trocken und wurde dienstlich: »Herr Manteuffel, wo waren Sie am Montag zwischen siebzehn und achtzehn Uhr?«

»Hier.« Manteuffel zuckte mit den Schultern. »Zu Hause.«

»Zeugen?«, fragte Stark.

Manteuffel schüttelte unmerklich den Kopf. »Glas Rotwein, gutes Buch.«

»Die Schrauben hier«, Ritter betrachtete nachdenklich die Harley-Davidson, »die haben alle amerikanisches Maß. – Inches.« Er griff in die Außentasche seiner Lederjacke und holte das Tütchen mit der Schraube aus dem gerichtsmedizinischen Institut heraus. »Genau wie die hier.« Er hielt sie dem Professor hin. »Die haben wir unter einem der Schuhe Ihrer Frau gefunden.«

Manteuffel starrte ihn an. Dann sah er kurz zu Andresen, anschließend wieder zu Ritter.

»Ja, festgetreten wahrscheinlich.«

»Festgetreten.« Ritter nickte. »Klar.«

»Klar«, wiederholte Manteuffel. Er seufzte und drehte sich langsam zu Andresen um. »Kommst du mal bitte?«

Andresen nickte. »Entschuldigen Sie uns.«

Die beiden gingen ins Haus, und die Kommissare blieben allein in der Garage zurück.

»Schönes Hobby«, sagte Stark nach einer Weile.

»Ja.« Ritter stand vor der Harley. Wie oft hatte er schon von so einer Maschine geträumt und sich ausgemalt, damit ans Meer zu fahren. Oder gleich nach Amerika, von Chicago nach L.A., »Born to be wild«, immer die Route 66 entlang …

»Was denkst du?«

»Na ja«, antwortete Ritter. »Seine Frau liegt noch in der Pathologie, und er schraubt schon den Einzelsitz drauf.«

»Das kann man so oder so sehen.«

»Ja.«

»Ich habe das Gefühl, wir sollten uns etwas näher mit Mareike Andresen beschäftigen.« Stark folgte Ritter hinaus auf die Straße. »Na ja, jetzt stellt sich raus, dass ihr Vater der Vorstandsvorsitzende der CORNEA-AG ist.«

Doch der Cowboy war ganz woanders mit seinen Gedanken. Er überlegte, was man wohl für so eine Harley hinblättern musste. Ein echtes Liebhaberstück, 47er Baureihe, war bestimmt nicht billig. Kohle müsste man haben!

»Sag mal«, wandte er sich an Stark, »du hast doch ein bisschen was gespart, oder?«

Nicht schon wieder, dachte Stark, ich hab ihm doch erst letzten Freitag achtzig Euro gepumpt.

Aber darum ging es Ritter nicht. »Ich meine, dieser Chip«, sagte er, »das ist doch eine Weltsensation!« Er blieb stehen, sah Stark eindringlich an. »Ich meine, die Presse weiß noch nichts davon, aber sobald das publik wird, dann geht doch der Aktienkurs von Andresens Bude durch die Decke.«

»Hm.« Stark hatte keine Ahnung, worauf der Kollege hinauswollte.

»Jetzt denk doch mal nach.« Ritter lief langsam zum Auto. »Wenn man da jetzt rechtzeitig investiert, dann ...« Er öffnete die Fahrertür und sah Stark mit Dollarscheinen in den Augen an. »... ja, dann kann man doch 'nen fetten Reibach machen.«

»Hör mal, Kerstin Vonk hat gesagt, ihr Chip wird morgen«, Stark betonte es, *»getestet!«* Wer sagte denn, dass das Ding überhaupt funktioniert? »Ich setz doch nicht mein Geld auf einen Gaul, von dem ich nicht mal weiß, ob er die Ziellinie sehen kann.«

»Ja, du musst doch auch mal was riskieren!« Ritter klemmte sich hinters Steuer. Die hatten Millionen investiert, das würde schon kein Flop werden. Außerdem: Wer nicht wagt, der nicht gewinnt.

»Mhm.« Stark blieb skeptisch und stieg ebenfalls in den Wagen. »Deshalb bist du ja auch immer pleite.«

***

Der Uferweg am Spreebogen ist eine beliebte Joggingstrecke, ein Laufsteg des Gesundheitswahns. An sonnigen Nachmittagen wird der arglose Flaneur hier von dramatisch freizeitaktiven Mitbürgern im neuesten Chic aus der Sportboutique geradezu überrannt. Atemlos wird der BlackBerry mit Pulsfrequenzzähler getestet und über Blutdruckwerte gefachsimpelt; kürzlich soll hier sogar Dr. Ulrich Strunz gelaufen sein, der stadtbekannte Fitnesspapst von radioeins.

Vom Bundespressestrand wummern fetzige Beats herüber, findige Verkäufer bieten eisgekühlte Energydrinks und probiotische Joghurts feil, und ein Promoter der »Sansibar« verteilt kostenlos die begehrten dunkelblauen Frotteetücher mit dem Piratenlogo – kurz: Sehen und gesehen werden ist das Motto, wer hier sonntags nicht joggen geht, ist entweder Ignorant, Raucher oder einfach nur »total out«.

Der wahre Sportler aber läuft an den normalen Wochentagen, wenn das Schaulaufen vorüber ist. Dann sind nur ein paar eilige Politiker unterwegs, und man hat die windige Strecke zwischen Hauptbahnhof, Kanzleramt und Tiergarten ganz für sich allein.

»Ist sie das?« Ritter stieß Stark an.

»Ja, das ist sie.«

Die Kommissare betraten die schmale Fußgängerbrücke über die Spree und gingen auf eine korpulente Dame zu, die ihnen mit Nordic-Walking-Stöcken, in Leggings und Kapuzenshirt entgegentrabte.

»Schwester Himmelrath!«

»Hach!« Mit erschrockener Verwunderung im geröteten Gesicht sah die Oberschwester aus der Augenklinik die beiden Kommissare an.

»Guten Tag«, lächelte Stark besänftigend.

»Guten Tag! Ach, das ist ja unser Champagnerkorken-Arbeitsunfall. Lassen Sie mal sehen!« Die Schwester blieb stehen und besah sich Starks Auge. »Ach, na das sieht doch schon ganz gut aus.«

Stark dankte, doch noch bevor er mit der Schwester über die Blindheit als schreckliches Schicksal sprechen und die verzweifelte Hoffnung der Kerstin Vonk debattieren konnte, wurde er von Ritter gestoppt.

»Ja, es tut uns ja leid, dass wir Sie an Ihrem freien Tag behelligen, aber in der Klinik haben sie uns gesagt, dass wir Sie hier finden.«

»Ja«, die Schwester sah unruhig auf ihren Zähler am Handgelenk, »aber meine Pulsfrequenz sinkt. Meine Herren, ich muss weiter. Kommen Sie doch mit!«

»Ja, äh …« Notgedrungen eilten die Kommissare neben der drauflostrabenden Krankenschwester her. »Sie wissen, dass Katja Manteuffel ermordet wurde.«

»Ja klar, bei uns gibt's kein anderes Thema.« Endlich fiel bei der Schwester der Groschen. »Stimmt ja, Sie sind bei der Kripo!«

»Hhm«, machte Ritter.

»Stimmt genau«, sagte Stark. »Und Sie sind die Oberschwester.«

»Ja«, keuchte die.

»Da können Sie uns doch bestimmt einiges erzählen.«

Die Schwester sah die Kommissare fragend an.

»Zum Beispiel über das Verhältnis zwischen Katja Manteuffel und Mareike Andresen«, half Ritter ihr auf die Sprünge.

»Und warum?«

»Weil wir danach fragen«, antwortete Stark.

»Na ja, das war halt schwierig.« Die Schwester hob ihre Stöcke und lief die Treppe zum Kapelle-Ufer hinunter. »Seit die beiden um die Chefarztstelle konkurriert haben.«

»Ach«, sagte Ritter, »die waren also beide scharf auf den Posten?«

»Mhm«, nickte die Schwester, »das kann man so sagen. Vor einem Jahr war das. Da hat der alte Manteuffel sich zurückgezogen. Und eigentlich war klar, dass Frau Andresen den Job kriegt.«

»Weil es nach Vetternwirtschaft ausgesehen hätte, wenn Katja Manteuffel ihren Ehemann beerbt hätte?«

Die Schwester nickte erneut. »Aber kurz vor der Entscheidung hat Mareike Andresen ihre Bewerbung zurückgenommen.« Sie sah Ritter an. »Ganz plötzlich. Das hat keiner so richtig verstanden.«

»Und sie hat nie gesagt, warum?«

»Komisch war das schon.« Schwester Himmelrath wandte sich an Stark. »Und dann war sie Katja Manteuffel unterstellt. Die beiden haben sich manchmal richtig beharkt.« Sie nickte bekräftigend. »Das war nicht übel.«

Im Hintergrund tuckerte ein Ausflugsdampfer über die Spree, und man hörte die Wortfetzen einer Stadtführung:

»Links: Kanzleramt – Kohls Waschmaschine: nie selbst drin gewohnt, stattdessen sitzt jetzt sein ›Mädchen‹ drin, Honeckers Rache: Angie Merkel, Quotenfrau und Quotenossi in einer Person. – Voraus: Moltkebrücke: 1886 bis 91 von Stahn und Hobrecht aus rotem Sandstein errichtet …«

»Definieren Sie doch mal ›nicht übel‹«, sagte Stark.

Die Schwester blieb stehen und sortierte ihre Walking-Stöcke.

»Frau Dr. Andresen ist sehr ehrgeizig und sehr impulsiv. Da sind schon mal Reagenzgläser geflogen.« Sie schüttelte den Kopf und hob abwehrend die Hände.

»Aber von mir haben Sie das nicht!« Und mit einem »Tschüss!« trabte sie davon.

»Tschüss, tschüss.« Die Kommissare sahen ihr nachdenklich nach.

»Der Andresen und seine Tochter«, überlegte Stark: Er ist Vorstandsvorsitzender der CORNEA-AG, sie ehrgeizige Assistenzärztin mit hoher Qualifikation. Dann: »Der Manteuffel und seine Frau.« Sie sitzt auf dem Posten, den Andresens Tochter so gerne hätte, er ist ein enger Freund von Andresen und so was wie der geistige Vater des neuen Chips, den die CORNEA-AG herstellt. »Und dann gibt's da noch diesen Verlobten.« Tim Nicolai, CORNEA-Geschäftsführer und Chefentwickler des Phydra-Chips. – Alle sind miteinander untrennbar verzahnt, und es gibt Spannungen, so schwer, dass vermutlich einer von ihnen Katja Manteuffel tötet. »Bei denen scheint alles in der Familie zu bleiben.«

»Ja, kleine Welt«, murmelte Ritter abwesend, zog sein Handy aus der Tasche und gab die Nummer von Judith Wenger ein. Das Forschungsministerium war nicht weit, vielleicht konnte er sich mit ihr auf einen Kaffee treffen. Nach dem zweiten Klingeln ging sie dran.

»Ja, Ritter hier. Ich muss noch mal mit Ihnen reden.« Und bevor sie anfing, kompliziert zu denken und langwierig ihren Terminplan zu checken, setzte er hinzu: »Am besten gleich.«

Judith Wenger schien verwirrt, nannte ihm aber dann die »Eleven Bar Lounge« am Leipziger Platz.

»Ja, kenn ich«, nickte Ritter, »okay, halbe Stunde. Prima!« Er steckte das Handy gut gelaunt wieder ein und sah Stark triumphierend an.

Doch auch der telefonierte, »Ja – gut – wo? – danke«, und setzte sich, als wäre es das Selbstverständlichste der

Welt, ans Steuer von Ritters eigens für amouröse Touren gemieteten Wagen.

»Die haben das Hotel ausfindig gemacht, in dem Katja Manteuffel gewohnt hat. Ist irgendwo in Steglitz.«

Ritter lächelte breit und ließ sich genüsslich in den Beifahrersitz fallen. »Dann fährst du nach Steglitz.« Wozu brauchte er den Wagen, wenn er sich auch chauffieren lassen konnte? »Und mich kannste am Potsdamer Platz absetzen, Ecke Leipziger.«

Jetzt erst bemerkte Stark, dass er sich gewohnheitsmäßig ans Steuer gesetzt hatte. Er hob verzeihend die Hände, startete den Motor und fuhr los.

SIEBEN

Judith Wenger sah wieder umwerfend aus. Sie wartete vor dem »Eleven«, das lange Haar zum Pferdeschwanz gebunden und fröstelnd in einen hellen Kaschmirmantel gehüllt. Um sie herum brüllender Verkehr, der sie eigenartig verletzlich und fragil wirken ließ. Das machte sie für Ritter nur noch anziehender. Er bot ihr seinen starken Arm an, doch sie lehnte ab. Also blieb er sachlich.

»Dass Mareike Andresen ihre Bewerbung für die Chefarztstelle zurückgezogen hat, ist doch eher merkwürdig.« Er öffnete ihr galant die Tür zum »Eleven«. »Haben Sie mal läuten hören, was der Grund dafür war?«

»Es hieß«, Judith Wenger senkte die Stimme, »sie hätte psychische Probleme.«

Bevor Ritter darüber nachdenken konnte, kam ein Kellner heran.

»Guten Tag.«

Judith Wenger nickte ihm zu und ging zu einem freien Zweiertisch am Fenster.

»Wie immer?«, fragte der Kellner.

»Ja, gern.«

»Und der Herr?« Der Kellner sah fragend Ritter an.

»Für mich das Gleiche.« Ritter hoffte, dass sie nicht irgendwelche gesunden Aloe-vera-Säfte zu sich nahm, und zog seine Lederjacke aus.

Judith Wenger setzte sich, ohne den Mantel abzulegen. Darunter trug sie einen keuschen Rollkragenpullover, der ihrem Gesicht Anmut und Blässe verlieh.

Wie eine Nonne, dachte Ritter. Diese schöne Frau ist im Zwiespalt zwischen brodelnden Gefühlen und dem Zwang zu unbedingter Disziplin. Nur war der Grund dafür sicher nicht die Angst vor dem Fegefeuer, sondern ... – Tja, was?

Er setzte sich zu ihr, sah ihr in die melancholisch schönen Augen. Sie machte einen abwesenden Eindruck, wie auf dem Sprung, als wolle sie gleich wieder gehen, und er überlegte, wie er das Gespräch in Gang bringen sollte.

»Die Zusammenarbeit zwischen CORNEA-AG und Uniklinik: Wie funktioniert das eigentlich?«, fragte er schließlich.

Judith Wenger winkte kühl ab. »Dafür ist meine Mittagspause zu kurz, um das zu erklären.«

Ach ja, dachte Ritter, aber die Pause ist lang genug, um zwanzig Minuten quer durch die Innenstadt zu gondeln, bevor man sich hier zu Tisch setzt? Habt ihr im Ministerium keine Kantine, oder ist hier der Kaffee so einmalig?

»Die Kurzfassung reicht mir ja«, sagte er.

»Der Zusammenschluss von Uni und der Hightech-Firma«, erklärte Judith Wenger, »war die Voraussetzung, dass wir den Netzhautchip überhaupt fördern konnten.«

»Und, äh, in was für einer Größenordnung muss man sich das vorstellen?«

»Acht Komma zwei Millionen.«

»Wow«, machte Ritter beeindruckt.

»Ist auch ein erstklassiges Projekt«, setzte Judith Wenger bestimmt hinzu.

Wenn Stark mir kein Geld leiht, pumpe ich den Chef an, dachte Ritter, die Hausse lass ich mir nicht entgehen.

Und wenn alles gut geht, fahre ich mit der Harley vor und lade die schöne Judith Wenger zum Candle-Light-Dinner ein, ganz exklusiv.

»Hat das der alte Manteuffel noch angeleiert?«

»Nein.« Judith Wenger schüttelte den Kopf. »Das war seine Frau, gleich nachdem sie Chefärztin wurde.«

Merkwürdig, dachte Ritter. Er wurde den Eindruck nicht los, dass Judith Wenger, immer wenn die Sprache auf den alten Manteuffel kam, seltsam abfällig wurde.

»Sehen Sie, das verstehe ich nicht, ja?« Ritter beugte sich vor. »Ich meine, Katja und Mareike, die haben sich gehasst. Und trotzdem hat Katja Manteuffel mit der CORNEA-AG zusammengearbeitet. Obwohl die doch Mareikes Vater gehört. Das ist doch irgendwie komisch, oder?«

»Ja.« Judith Wenger senkte den Blick. »Da haben einige Leute gestaunt.« Sie sah Ritter wieder an. »Es gab sogar noch ein Konkurrenzprojekt. Und trotzdem hat sich Katja Manteuffel für den Chip der CORNEA-AG entschieden.«

Aha, dachte Ritter, deshalb glaubten sie im Ministerium, dass die Manteuffel psychische Probleme hatte. Wenn der Flurfunk erst mal spekuliert ...

»Könnte es sein, dass das die beiden Alten ausgekungelt haben? Die scheinen ja beste Kumpels zu sein.«

»Nein. Das glaube ich nicht«, widersprach Judith Wenger entschieden, »das war die Sache von Katja Manteuffel. Die hatte ihren eigenen Kopf.« Sie zuckte mit den Schultern. »Ich weiß nicht, was sie sich dabei gedacht hat. Aber der Erfolg hat ihr ja recht gegeben.«

Ihr Handy fing an zu piepen, und sie zog es aus der Manteltasche.

»Entschuldigung. – Ja?«

Der Lover, dachte Ritter, Mist, vermutlich ist der Lover dran. Oder schlimmer, der Mann. Oder die Kinder. Die schöne Judith Wenger ist natürlich glücklich verheiratet. Vermutlich mit einem gut aussehenden und noch besser verdienenden Toplobbyisten aus der Wirtschaft. Und sie hat zwei, drei Kinder, und die müssen jetzt zum Tennis. Oder zum Squash? – Nein, sie sieht eher so aus, als würde sie ihre Kinder zum Reiten schicken. Vermutlich reitet sie selbst, stolz und hoch zu Ross im noblen Tegeler Reitclub am Humboldt-Schlösschen.

Einen Moment lang lauschte Judith Wenger der Stimme in ihrem Handy, dann seufzte sie traurig.

»Schade!«

Also doch 'n Lover. Ritter lehnte sich zurück. Den kann man sportlich nehmen.

»Ja, dann gute Besserung«, hauchte sie ins Telefon und steckte das Handy wieder weg.

»Schlimm?«, erkundigte sich Ritter.

»Nein, mein Tanzpartner hat die Grippe.« Sie sah ihn aufmerksam an. »Ausgerechnet heute, wo wir mit der Rumba anfangen wollten.«

»Ach!« Wie interessant. Da konnte man ansetzen. »Sie tanzen?«, fragte Ritter nach.

»Ja.« Judith Wenger setzte sich kerzengerade auf und lächelte neugierig. »Warum?«

Angriff, *old boy*! Das ist die Gelegenheit. Ritter beugte sich vor und sah ihr lässig in die Augen.

»Rumba ist mein zweiter Vorname.«

Für einen Moment verschlug es Judith Wenger die Sprache. Doch dann fragte sie:

»Um sechs?«

All right, baby. Ritter lächelte breit und lehnte sich zurück.

Judith Wenger sah missbilligend auf seine Schlangenlederstiefel.

»Aber mit den richtigen Schuhen bitte.«

Höchst zufrieden mit sich und seinem Vorstoß schlenderte Ritter durch die Arkaden am Potsdamer Platz. Im Geiste sah er sich schon die herrliche, die wunderbare Judith Wenger übers Parkett wirbeln, dass ihr schwindlig wurde. Natürlich würde sie sich an ihn schmiegen wie eine schnurrende Katze und …

– Aftershave! Er brauchte unbedingt dieses tolle Aftershave mit dem Moschusaroma. Bei seinem letzten Flirt hatte er damit ungeheuren Erfolg gehabt. Allein sein Geruch hatte das Mädchen damals dermaßen betört, dass es zu allem bereit gewesen war. Zudem brauchte er noch was Frisches zum Anziehen. Ein neues Hemd musste her. Aber was trug man zur Rumba? – Karibisches Flair, Sommer, Sonne, Hitze! – Nein, kein Hawaiihemd, niemals, er war schließlich nicht Jürgen von der Lippe. Es musste schon was Edles sein, am besten was Leichtes aus Seide und schwarz? Quatsch, Schwarz war zu cool, und er wollte Leidenschaft ausstrahlen, Männlichkeit, Gefühl, Feuer wie einst Johnny Cash:

»I fell into a burning ring of fire,
I went down, down, down,
And the flames went higher,
And it burns, burns, burns,
The ring of fire,
The ring of fire. The ring of fire.

Ritter entschied sich für ein rotes Hemd, eng tailliert, Westernstyle. Ziemlich auffällig, aber sexy. Auf in den

Kampf, Torero! Jetzt musste er sich nur noch ein paar Tanzschritte beibringen, und dann …

Aber wie lernte man Rumba? Ohne zu wissen, was das überhaupt genau war? War das so ähnlich wie »Tanze Samba mit mir, Samba, Samba die ganze Nacht«? – Oder eher langsam wie der Buena Vista Social Club, »Chan, Chan«, *La Habanera melancholica*?

Wozu gab es Fachleute: Entschieden betrat Ritter eine kleine Musikalienbuchhandlung in der Wilhelmstraße. Hier gab es vor allem Noten, komplizierte Klassik, Bach, Händel, Haydn, und zunächst schien der Verkäufer etwas überfordert mit der Suche nach einem Buch zur Rumba-Theorie. Aber dann fand er etwas im Antiquariat, eine Sammlung von Anleitungen zu lateinamerikanischen Tänzen aus den sechziger Jahren. Auch die Rumba wurde darin erklärt, mithin war es genau das, was Ritter brauchte. Er kaufte das Buch, setzte sich in die U-Bahn und begann zu lesen.

Als er zehn Minuten später an der Station Klosterstraße wieder ausstieg und zum Molkenmarkt hinüberlief, tänzelte er bereits. Rumba war nicht theoretisch zu lernen, das hatte er sofort begriffen. Alles, was in dem Buch geschrieben stand, musste sofort praktisch umgesetzt werden, sonst hatte es keinen Sinn. Rumba war sein Name, und das Letzte, was er sich nach dieser Ansage leisten konnte, war eine Blamage bei Judith Wenger.

So betrat er, das Rumba-Buch in der Hand und die Abbildungen darin sorgsam studierend, mit tänzelnden Schritten die Zentrale der Berliner Wasserwirtschaft und murmelte vor sich hin: »Rechter Fuß vorwärts, Körper entgegen der Bewegungsstellung – leck mich doch am

Arsch.« An der Treppe zur Beletage stand Oberkommissar Weber mit dem Abteilungsleiter Wiegand. Vermutlich hatten sie sich über die Verzögerungen am Bau der Heizungsanlage im Dienstgebäude Keithstraße unterhalten und darüber, dass man wohl noch bis Ende des Jahres bei den Wasserwerkern ausharren müsse. Jetzt sahen beide kopfschüttelnd dem herantänzelnden Ritter zu …

»Das ist jetzt links, rechts … links, rechts, links, links, rechts …«

… und wedelten sich demonstrativ mit den Händen vor dem Gesicht herum. Irre war er ja schon immer gewesen, der Kollege Ritter, aber jetzt war er wohl wirklich verrückt geworden.

»Tach, Chef!« Ritter stockte und sah Wiegand an. »Gut, dass ich Sie treffe.« Als Chef der Mordkommission hatte Wiegand ein recht üppiges Einkommen und war lukrativen Geschäften nie abgeneigt. »Ich habe da nämlich eine einmalige Geldanlageidee. Das wäre genau das Richtige für Sie.«

»Na, Ihre Ideen kenne ich«, sagte Wiegand. »Wie gehen denn die Ermittlungen im Fall Manteuffel voran?«

»Ja«, Ritter nickte, »genau darum geht's. Die CORNEA-AG, die hat da so einen Netzhautchip entwickelt. Das wird eine Weltsensation«, raunte er verschwörerisch, »davon sollte man Aktien kaufen, und zwar jetzt!«

»Ach, Sie wollen mich anpumpen.« Wiegand wandte sich kopfschüttelnd ab.

»Nein, nein.« Ritter wollte ihm doch keine sinnlosen Werte andrehen, er war schließlich kein Bad Banker. Hier ging's um heißes Insiderwissen, pures Gold wert! »Sie müssten mir einfach nur ein bisschen Kapital vorschießen. Sechstausend Euro oder fünf …«

»Ja, ja«, winkte Wiegand spöttisch ab und ging davon.

»Sie kriegen es wieder. In ein paar Wochen«, rief Ritter ihm nach. »Das ist ein einmaliger Anlagetipp!«

Doch Wiegand wollte nichts davon hören.

Ritter verstand es nicht: Wieso war der Chef nur so stur? Der war doch immer ganz dicke in Aktien, wieso ließ er ihn einfach abblitzen? Es gab nur eine Erklärung: Er nahm ihn nicht ernst. Tja, Pech gehabt, Wiegand, mach ich das Geschäft eben allein.

Nachdenklich saß Hauptkommissar Felix Stark im Büro vor dem Computer und sah sich die Fotos an, die von den Spurensicherern in Katja Manteuffels Hotelzimmer gemacht worden waren. Stark selbst hatte Stunden dort verbracht und nichts, aber auch gar nichts gefunden, was irgendwie auffällig gewesen wäre. Keine fremden Fingerabdrücke, keine schriftlichen Drohungen, kein Hinweis auf Affären, etwaige Differenzen mit Bekannten oder Kollegen, schon gar nicht auf ihren Mörder.

Als hätte sie das Zimmer wirklich nur zum Schlafen benutzt.

Durch die geöffnete Tür tänzelte Ritter herein.

»Vorwärts, außen, Schritt – vorwärts, außen, Schritt …«

Stark sah auf. Was sollte das denn jetzt wieder? Der Cowboy drehte sich, sein Rumba-Buch lesend und ganz bei sich, einmal vor und zurück.

»Partner vorbereiten, also … Linke Schulter führen …«

Stark lächelte gequält. Konnte der Kollege nicht einfach mal ganz normal sein? Musste bei ihm immer alles Show sein? Musste er dauernd beweisen, dass er anders war, origineller, schöner, erfolgreicher, vor allem bei den Weibern? Himmel, acht Jahre kannten sie sich jetzt, da sollte es doch langsam mal gut sein! Es gab nichts mehr, womit Ritter Stark beeindrucken konnte. Dafür hatte er schon zu oft und zu weit hinter die Fassade des Cowboys geblickt.

»Hast du Verdauungsprobleme?«

Ritter warf das Buch auf den Tisch und zog seine Lederjacke aus. »Kannst du Rumba?«

»Ach«, Stark grinste, »das soll Rumba sein?«

»Komm«, Ritter klatschte in die Hände und wedelte auffordernd mit dem Zeigefinger, »zeig mir mal ein paar Schritte. Ich muss das in zwei Stunden draufhaben.«

»Wieso?« Stark lehnte sich zurück.

»Ich hab 'ne Verabredung.«

Klar, dachte Stark, was sonst. Er erhob sich langsam.

»Rumba«, setzte Ritter hinzu.

»Na ja, okay«, seufzte Stark und stellte sich ergeben in Position. »Grundschritt!«

»Mhm.« Ritter stellte sich neben ihn.

»Ziehen«, Stark machte einen seitlichen Ausfallschritt, »wiegen«, bog den Oberkörper leicht nach hinten und setzte einen Schritt nach vorn; dann das Gleiche etwas schneller von vorn, »ziehen und wiegen.«

»Ziehen …«, Ritter machte es ihm umständlich nach, »… und wiegen …«

»Hast du im Ministerium was rausgefunden?«

»Na, und ob.« Sie tanzten nebeneinander her, und Ritter versuchte, mit Stark weiter Schritt zu halten, während er redete. »Rat mal, wie viel die CORNEA-AG von denen gefördert bekommt.« Er kam zunehmend aus dem Takt. »Acht Komma zwei Millionen Euro. Das ist eine Menge Holz, oder?«

»Meinst du, die CORNEA-AG hat Katja Manteuffel bestochen?«

»Zumindest haben sich eine ganze Menge Leute gewundert, warum ausgerechnet die CORNEA-AG so viel Geld für ihr Projekt Phydra bekommen hat.«

»Pass mal auf«, Stark stellte sich Ritter gegenüber, »wir machen das jetzt mal spiegelverkehrt, ja? – Ziehen ...«

Ritter sah konzentriert auf seine Füße.

»... und wiegen.«

Gehen wir das mal durch, dachte Stark: Katja Manteuffel und ihr Mann: beide hoch geachtet an der Uniklinik, mit Einfluss an den Forschungseinrichtungen und sicher guten Kontakten ins Ministerium. Wenn man mit Steuergeldern gefördert werden will, braucht man genau solche Leute. Also schmeißt sich die CORNEA-AG an sie ran. Hilft vielleicht mit Geld nach, sozusagen als Anreiz ... Aber war das schlüssig?

»Ich meine, sie war Chefärztin«, Stark sah Ritter fragend an, »und der Herr Professor ...« Ein hoch dotierter Spezialist. Muss nicht mal mehr selbst operieren. Hat so einer es nötig, bestechlich zu sein? »Der hat doch Schütte genug.«

»Na ja, kennste doch«, knurrte Ritter und mühte sich, im Tritt zu bleiben, »je mehr Geld du hast, desto mehr hast du auch Angst, es wieder zu verlieren.« Siehe Wiegand. Der ließ sich selbst den todsichersten Anlagetipp durch die Lappen gehen.

»Gut«, lobte Stark, denn der Cowboy lernte die Schritte schnell, »aber bevor wir deren Konten in Liechtenstein überprüfen können, brauchen wir einen richterlichen Beschluss.«

»Du und deine Beschlüsse!«

Stark sparte sich eine Erwiderung. Dass man als Kriminalbeamter Recht und Gesetz einhalten musste, verstand sich von selbst, auch wenn es alles andere als abenteuerlich war. Vielleicht war's ganz gut, dass der Cowboy Rumba lernte, dann hatte er was fürs Gefühl und somit einen guten Ausgleich für allzu trockene Beamtentätigkeiten. Lästige Beschlussantragstellungen zum Beispiel, nebst fundierter Beweislast im Gericht.

»Pass auf!« Stark hob die Arme. »Du bist die Frau …«

»Vergiss es«, konterte Ritter, denn er war keine Frau, im Gegenteil: Er wollte eine erobern!

»Ja, ja, Entschuldigung«, beschwichtigte Stark, »du bist der Mann, und ich bin die Frau.«

»Komm her!« Ritter packte ihn.

»Nee, nicht so. Warte!«, wehrte Stark ab. »Du musst mich hier mit dem Arm stützen.«

»Okay«, seufzte Ritter und ließ sich von Stark in den Arm nehmen.

»Das Gleiche wie der Grundschritt. Ziehen und wiegen.«

Sie tanzten konzentriert zusammen durchs Büro.

»Ziehen, wiegen – ziehen, wiegen.«

Ein hübsches Paar: ein kleiner Kommissar und ein großer Cowboy im Rumbaschritt …

»Ziehen und wiegen …«

… und so vertieft, dass sie Oberkommissar Weber nicht bemerkten, der, wie immer in Pullunder, Hemd und Schlips, das Büro betrat. Kritisch musterte der alte Volkspolizist die Kollegen.

»Ich war übrigens im Hotelzimmer von Katja Manteuffel«, erzählte Stark, während sie tanzten.

»Und?«, fragte Ritter, bemüht, Stark nicht auf die Füße zu treten.

»Das war eine richtige Ordnungsfanatikerin. Sie hat ihre Schuhe säuberlich in einer Reihe aufgestellt.« Stark ging auf die Zehenspitzen, damit er größer wirkte, und lachte. »Ich glaube, ich hätte mir ein paar Absatzschuhe mitnehmen sollen. Äh …« Wo war er stehen geblieben? »Nee, im Ernst, pass auf: Die hatte ihren Terminkalender akribisch geführt. Jeden Termin eingetragen.«

»Mhm«, machte Ritter und achtete auf seine Tanzschritte.

»Nur den einen nicht«, sagte Stark, »den im Ministerium. Ist doch komisch, oder?«

»Ja …« Ritter nickte abwesend und murmelte den Takt: »Damm, damm …«

»Becken zusammen«, mahnte Stark und presste seinen Unterkörper enger an Ritter.

»Also, mal janz ehrlich«, Oberkommissar Weber schüttelte das lichte Haupt, »ick hab's schon immer jewusst …«

»Tanz ab, Mann!«, schnauzte Ritter und latschte Stark jetzt versehentlich doch auf den Schuh. Wer war er denn, dass er sich von so einem Ex-Vopo schwule Verdächtigungen anhören musste?

»Mit dir red ick doch jar nich!«, fauchte Weber zurück und wandte sich demonstrativ an Stark. »Also: Die Telefonate von der toten Frau Professor sind alle überprüft. Die hat ja mit allen möglichen Leuten telefoniert. Mit ihren Kollegen in der Uniklinik und«, das setzte er mit besonderer Bedeutung hinzu, »mit dem CORNEA-Chef Andresen.«

Ritter sah Stark an. »Könntest du dich um den Andresen kümmern?«

Stark grinste, »wenn du mich so nett bittest«, und verließ das Büro.

Ritter stützte sein Kinn auf die Hand und sah Weber nachdenklich an.

»Sag mal: Gab's im Osten auch Rumba?«

Weber machte eine mitleidige Miene. Diese Wessis hatten einfach keine Ahnung.

»Kubanische Gesellschaftstänze gehörten zur ideologischen Grundausbildung.« Und zwar lange bevor Wim Wenders dem Buena Vista Social Club weltweit zu spätem Ruhm verhalf.

»Komm mal her!«

Ritter schlang seinen rechten Arm um Webers schwer auszumachende Taille und begann, flott mit ihm Rumba zu tanzen.

ACHT

Ratlos irrte Felix Stark durch die Produktionshalle der CORNEA-AG. Ein Apparaturenkomplex wie der Warp-Antrieb aus Captain Kirks Enterprise. Blank polierte Metallflächen, Rohrleitungen, Messfühler überall, aus Überdruckventilen zischte Dampf. Druckkatalysatoren rumorten, Kühlgebläse heulten, Scanner ratterten.

In übergroßen Reagenzgläsern gasten nebelweiße Flüssigkeiten vor sich hin, digitale Anzeigen und blinkende Dioden zeugten von höchst diffizilen chemisch-technologischen Prozessen in waschtrommelartigen Gefäßen und Nirostakesseln.

»Wie arbeitet die neue Software für den Tracker?«

Dr. Manfred Andresen stand neben einem Techniker in weißem Kittel vor einer Monitorwand und sah sich diverse Datensätze an.

»Einwandfrei. Die Abtastrate liegt momentan bei fünftausend.«

»Na bitte. Dann hat sich das ja wenigstens gelohnt.«

»Herr Andresen? Haben Sie einen Moment?«

Andresen wandte sich um und erkannte in Stark den kleineren der unverschämten Kommissare aus Manteuffels Garage wieder.

»Eigentlich nicht«, seufzte er unschlüssig.

»Das ist ja beeindruckend, Ihre Firma.« Stark setzte eine versöhnliche Miene auf und sah sich neugierig um. »Was wird hier produziert? Ist das alles für diesen Netzhautchip?«

»Phydra ist nur ein Forschungsbereich.« Andresen bat Stark in einen Gang, der die Produktionshalle von den übrigen Labors der CORNEA-AG trennte und gleichzeitig der Geräuschdämmung diente. »Hauptsächlich fertigen wir laseroptische Geräte für Augenoperationen.«

»Und das Weiße, was da gedampft hat?« Stark lief neben dem geschäftig voranschreitenden Andresen her. »Das war doch Stickstoff. Wie funktioniert das jetzt mit der Messung von Hornhautdicke?«

»Herr Stark!« Andresen blieb ungehalten stehen. Glaubte der Kommissar etwa, dass er auf diese durchsichtige Inspector-Columbo-Masche hereinfiel? »Sie sind doch sicher nicht gekommen, um sich über Augenmedizintechnik zu informieren!«

»Ja, jetzt, wo Sie es sagen.« Stark lächelte entschuldigend.

Na also, dachte Andresen und wollte weiter, wurde aber von Stark gleich wieder gestoppt.

»Eine Frage: Frau Dr. Manteuffel hat Sie am Tag ihrer Ermordung angerufen. – Auf Ihrem Handy. Worum ging's denn da?«

»Keine Ahnung.« Andresen hob die Schultern. »Wir haben so viel miteinander telefoniert.«

Er öffnete eine Tür, die in den gelblich neonbeleuchteten Flur vor den Reinst-Räumen führte, und klopfte herrisch gegen die Glasscheibe. Offenbar wollte er dringend mit einem der Mitarbeiter in den Labors sprechen.

»Und wie darf ich mir das organisatorisch vorstellen?«, wagte sich Stark unverdrossen weiter vor. »Werden die Finanzen von Phydra über Ihre normale Kostenstelle abgerechnet?«

»Herr Stark, Sie machen mich schwach.« Andresen fuhr genervt herum und sah eindringlich auf den Kommissar herab. »Ich habe wirklich viel zu tun. Würden Sie mich bitte entschuldigen?«

Erst wenn du mir meine Fragen beantwortest, dachte Stark, ich will wissen, ob ihr Schmiergeld gezahlt habt, um an die Fördermillionen zu kommen.

»Ja oder nein?«, insistierte er mit lauter Stimme.

»Wir haben für Phydra eine eigene Gesellschaft gegründet«, erklärte Andresen missmutig, »die CORNEA-AG und die Uniklinik halten jeweils fünfzig Prozent der Anteile.«

Er wandte sich ab und hielt das Gespräch für beendet. Nicht aber Stark:

»Wer verwaltet den Etat?«, fragte er.

»Herr Nicolai«, fauchte Andresen, und es klang wie »Verschwinden Sie«, aber Stark dachte nicht dran.

»Ist ja 'ne Menge Verantwortung«, gab er zu bedenken, »acht Millionen Euro ...«

»Ja, aber der muss ja auch für zwei Jahre reichen!« Wütend kam Andresen zurück und wies auf zwei mannshohe Computerschränke, die an der Wand standen. »Von diesen Rechnern zum Beispiel, da haben wir gerade drei Stück angeschafft. Die kosten alleine schon hundertzwanzigtausend Euro. So!« Damit war jetzt wohl alles geklärt! Andresen sah Stark entschlossen an. »Und jetzt gehe ich zu meinem Termin!«

Er stiefelte von dannen.

»Ja, natürlich«, nickte Stark ruhig. Doch noch bevor Andresen aus seinem Blickfeld verschwinden konnte, rief er ihm nach: »Ach ja: Ich wäre Ihnen sehr verbunden, wenn Sie uns die Finanzunterlagen von Phydra zusenden würden!«

Andresen blieb wie vom Donner gerührt stehen. War dieser Kommissar jetzt völlig übergeschnappt? Langsam drehte er sich wieder um, und es fiel ihm mehr als schwer, nicht die Beherrschung zu verlieren.

Stark lächelte sanft. »Sie haben doch nichts zu verbergen, oder?«

***

Das »Paso Doble« in den Kreuzberger Mehringhöfen war ein ziemlich exklusiver Tanzclub mit Bar und Lounge und allem, was ministeriale Schönheiten wie Judith Wenger sonst noch so zur Rumba brauchten. Erwartungsvoll stand sie vor den Aufzügen und wartete auf Ritter. Der trug sein auffällig rotes Westernhemd unter der Lederjacke und kam lässig näher.

Judith Wenger runzelte die Stirn. Ritters Füße steckten immer noch in den grässlichen Cowboystiefeln. Offenbar war der Mann in dieser Beziehung unverbesserlich.

Ritter lächelte beruhigend und zog hinter seinem Rücken seine Tanzschuhe hervor: lacklederne Stiefeletten, genauso knallrot und poppig wie sein Hemd.

Judith Wenger lachte auf und hakte sich bei ihm unter.

Oben im Saal hatten sich schon die anderen Paare versammelt. Bonner Establishment, dachte Ritter, höhere Beamte, denen man das noble Eigenheim am Rhein ansah.

»Heute also Rumba!«

Ein durchtrainierter Lehrer tänzelte federnd über das Parkett und musterte vor allem Ritter höchst neugierig.

»Charakteristisch ist ein durchgehender Bewegungsablauf«, näselte der Tanzlehrer androgyn und machte eine selbstverliebte Kopfbewegung. »Wir müssen den Oberkörper in eine Richtung ziehen, und die Hüfte schwingt nach.« Er stellte sich in Positur, wackelte mit dem Hintern und bedachte Ritter mit einem verführerischen Augenaufschlag. »Das ist eigentlich das ganze Geheimnis für die Hüft- und Beckenbewegungen, für die die Rumba bekannt ist.«

»Beckenbewegungen find ich ja gut.« Ritter griente Judith Wenger verlegen an. Dass diese Tanzlehrer immer schwul sein müssen, dachte er nervös, na, vielleicht gefällt ihm auch nur mein Hemd. Es passte perfekt zum entzückenden Kleid von Judith Wenger, genau das gleiche flammende Rot.

»Wir wollen gleich mit dem Grundschritt anfangen«, flötete der Tanzlehrer und hob die Arme, als wolle er sich mit sich selbst paaren. »Gehen Sie bitte in die geschlossene Tanzhaltung.«

Die Paare stellten sich einander gegenüber, und plötzlich spürte Ritter sein Herz klopfen. Nicht unangenehm eigentlich, nur hätte er es ganz gern gehabt, wenn die schöne Judith seine Aufregung nicht gleich bemerken würde. Vorsichtig nahm er ihre Hand.

»Ruhig etwas enger.« Der Tanzlehrer schob die beiden ein wenig zusammen.

»Wird ja immer besser«, mühte sich Ritter um Lässigkeit, spürte aber den Schweiß auf seiner Stirn. Er kam sich vor wie ein Pennäler bei seinem ersten Rendezvous, und Judith Wenger schien es genauso zu gehen.

»Musik!«, rief der Tanzlehrer wie ein Zirkusdirektor, und endlich ging es los: Norah Jones' »Don't Know Why«, ein verdammt langsames Stück, wie Ritter fand, jedenfalls für den Anfang.

»Wir ziehen zur Seite«, der Tanzlehrer machte es vor, »wiegen einmal nach vorn, ziehen dann wieder zur Seite und wiegen nach hinten.«

Vorsichtig begann Ritter, jene Schritte zu machen, die er von Stark gelernt und mit Weber perfektioniert hatte.

»Ziehen – wiegen – ziehen – wiegen – ziehen …«

Der Lehrer korrigierte Ritters Körperhaltung, was ihn noch nervöser machte. Musste der ihn unbedingt angrapschen? Ging doch auch so!

Und das immer besser: Judith Wenger fühlte sich leicht an. Fast wie eine Feder ließ sie sich in jede gewünschte Richtung schieben beziehungsweise »ziehen und wiegen«, und allmählich gewann Ritter sein Selbstbewusstsein zurück.

Klappt doch, dachte er zufrieden, nur gut, dass ich das vorher geübt habe. Er zog Judith Wenger fester an sich heran. Sie tanzten bald sehr harmonisch miteinander, und Ritter achtete fortan darauf, dass ihm der Tanzlehrer nicht mehr zu nahe kam.

Nach der Tanzstunde gingen sie an die Bar nebenan.

»Mannomann«, sagte Ritter, »solche kubanischen Paarungstänze können ganz schön anstrengend sein.« Er stellte sich an den Tresen. »Auch ein Wasser?«

»Ja, gern.« Judith Wenger strahlte und setzte sich auf einen der Barhocker.

Ritter winkte dem Barmann. »Zwei Wasser bitte.«

»Dabei geht's morgen erst richtig los.« Judith Wenger rückte näher an ihn heran. »Da kommt die Promenade, die Cucaracha und das Lasso.«

Ritter nickte nachdenklich. »Darf ich mal kurz beruflich werden?«

Der Barmann stellte ihnen zwei Wasser mit Zitrone hin.

»Danke«, sagte Judith Wenger und senkte den Blick.

»Ihr Termin mit Katja Manteuffel?« Ritter sah sie an. »Seit wann war der verabredet?«

Judith Wenger überlegte kurz. »Schon länger«, sagte sie dann. »Warum?«

»Weil der nicht in ihrem Terminkalender stand«, antwortete Ritter, »und sie sonst immer alles ganz penibel aufgeschrieben hat.«

»Dann …«, Judith Wenger setzte verwirrt das Glas ab, »dann hat sie wahrscheinlich vergessen, den …«

»Sagen Sie mir einfach die Wahrheit.« Ritter beobachtete sie aufmerksam. »Bitte!«

Judith Wenger schwieg verlegen und sah ihn aus großen Augen an.

»Wir waren befreundet«, flüsterte sie schließlich, bevor er dahinschmolz, »sehr gut befreundet.«

»Warum haben Sie das verschwiegen?«

Sie sah sich um, es waren zu viele Leute hier.

»Kommen Sie!« Judith Wenger rutschte von ihrem Barhocker und ging in die Lounge, wo weniger los war. Dort setzte sie sich in einen der braunen Ledersessel und wartete, bis auch Ritter Platz genommen hatte. Der stellte sein Glas ab, wartete.

»Bei uns im Ministerium wird sehr viel Wert darauf gelegt, Berufliches und Privates zu trennen.« Judith Wenger beugte sich zu ihm vor und sprach leise, fast beschwörend: »Wenn meine Freundschaft mit Katja bekannt werden würde, könnte ich ernsthafte Schwierigkeiten bekommen.« Bittend sah sie ihn an. »Verstehen Sie das?«

»Ja«, natürlich verstand Ritter, »aber bei acht Komma zwei Millionen Euro: Wie wollten Sie da objektiv sein?«

»Es gab nie einen Interessenkonflikt«, beteuerte Judith Wenger, »ich beauftrage nur die Gutachter.«

Na toll, dachte Ritter, die kann man sich auch gefügig machen.

»Die Entscheidung liegt bei meinem Chef, dem Referatsleiter«, versicherte Judith Wenger. »Und Phydra ist eine Sensation, das wäre auf jeden Fall gefördert worden.«

Bist du da so sicher? Ritter musterte sie prüfend und fragte sich, ob Judith Wenger wirklich nur naiv war oder ob sie ihm perfekt das hübsche Dummerchen vorspielte. Denn so, wie es aussah, hatte man es hier mit einem klaren Fall von Vetternwirtschaft zu tun. Genau wie Stark es vorausgesagt hatte: Manteuffel und seine Frau. Andresen und seine Tochter. Und deren Verlobter Nicolai. Alles blieb hübsch in der Familie.

Und Judith Wenger? War sie nur Mittel zum Zweck? Der Kontakt ins Ministerium, der dafür sorgte, dass die Fördermittel an der richtigen Stelle landeten? Oder steckte sie tiefer drin?

»Was wollte Katja Manteuffel eigentlich von Ihnen?«, fragte Ritter später, als sie aus dem »Paso Doble« kamen, und zog sich die Lederjacke über. »Was war denn so wichtig?

»Sie hatte private Probleme«, antwortete Judith Wenger abweisend.

»Mit ihrem Mann?« Ritter sah fragend auf. »Von dem hatte sie sich getrennt.«

»Das war nicht der Grund.«

»Sondern?« Mensch, Mädel, dachte Ritter, jetzt lass dir doch nicht alles aus der Nase ziehen!

»Sie hatte eine Affäre«, gab Judith Wenger zu und beteuerte: »Ich weiß nicht, mit wem. Sie wollte mir das nie sagen. Jedenfalls hat sich der große Unbekannte von ihr getrennt. An dem Montag. Sie war völlig fertig, sie hat sich bei mir ausgeweint.«

»Meinen Sie, ihr Mann wusste was von dieser Affäre?«

»Ja«, Judith Wenger nickte, »er wusste das. Aber ich weiß nicht, woher.«

»Seit wann?«

»Letzte Woche gab es einen Riesenkrach deswegen.« Sie sah ihn an. »Das war auch der Grund, weswegen sie ausgezogen ist.«

»Das hat den alten Manteuffel doch sicher schwer getroffen, oder?«

»Oh ja«, bekräftigte Judith Wenger, »der ist krankhaft eifersüchtig.«

Und wieder war dieser abfällige Ton in ihrer Stimme. Wahrscheinlich hatten sich die Frauen insgeheim über den Professor lustig gemacht, ein alter geiler Sack, den es auszunutzen galt, bis man ganz oben war. Und dann, überlegte Ritter, als sie es geschafft hatte, trennte sie sich. War es so gewesen?

»Er hat ja auch seine Schuldigkeit getan«, Ritter beobachtete Judith Wenger von der Seite, »sie hat ihn als Chefärztin beerbt, ihre Karriere war in trockenen Tüchern.«

»Ja, vielleicht«, sagte Judith Wenger tonlos.

Ritter regte sich auf: »Ja, aber warum haben Sie mir das nicht alles viel früher erzählt?«, rief er vorwurfsvoll. »Das verstehe ich nicht …!«

»Mir reicht's jetzt«, unterbrach sie ihn verärgert, »ich habe mich auf einen schönen Abend gefreut. Und jetzt verhören Sie mich hier!« Empört stöckelte sie davon.

»So war das doch nicht gemeint!«, rief Ritter ihr verblüfft nach. »Hey!«

»Wie war das denn sonst gemeint?« Wütend verschwand sie in der Toreinfahrt.

Ich Idiot! Ritter hätte sich in den Hintern beißen können. Wie konnte man nur so blöd sein! Da hatte er den Vogel schon fast gefangen, und dann ... – Mist, verdammter!

***

Am nächsten Morgen waren endlich die Kartons von der KT im Büro eingetroffen, und Stark packte sie aus. Alles war sorgfältig in Plastikfolien und Tüten verpackt.

»Wat is denn det für 'n Kram?« Weber schlurfte heran.

»Das sind die Sachen aus Katja Manteuffels Auto«, erklärte Stark, doch Weber guckte nur verständnislos.

»Kram!« Stark lächelte. »Das hat die Kriminaltechnik gebracht.«

Weber griff sich kopfschüttelnd einen in Folie verpackten Werbeprospekt heraus.

»Au, det is schön: Wennde dir 'ne Matratze koofst, kriegste umsonst 'n Toaster dazu.«

»Spart die Heizdecke«, erwiderte Stark spöttisch.

»Guten Morgen!« Till Ritter kam ins Büro. Er trug jetzt ein schlichtes Holzfällerhemd unter seiner Lederjacke, blau kariert, und war sichtlich missgelaunt. »Also: Unser Mordopfer ist nicht nur von zu Hause ausgezogen.« Er nahm das Foto der toten Katja Manteuffel von der gläsernen Pinnwand und wedelte damit herum. »Sie hat auch mit einem anderen Kerl rumgemacht, und der alte Professor hat es rausgekriegt.«

»Ach, wirklich?« Stark besah sich nachdenklich einen Stadtplan aus Katja Manteuffels Wagen.

»Mhm«, nickte Ritter, »den sollten wir uns noch mal vorknöpfen!«

Stark hatte einen handbeschriebenen Zettel in dem Stadtplan gefunden und pinnte ihn an die Wand.

»›La Gondola‹ in der Bleichstraße.« Er sah Weber und Ritter fragend an. »Kennt das jemand?«

Natürlich kannte es niemand, und auch eine Bleichstraße gibt es in Berlin nicht.

Entweder handelte es sich um ein Missverständnis, oder aber Katja Manteuffel hatte absichtlich eine falsche Adresse notiert. Aber warum? Wen hatte sie auf eine falsche Fährte locken wollen? Ihren Mörder?

Weber war es schließlich zu verdanken, dass sich doch noch ein »Gondola« fand. Es handelte sich hierbei um ein recht neues italienisches Restaurant am Kupfergraben in Mitte, dessen Besitzer sich wegen der Museumsinseln und der vielen Brücken und Wassergräben an *»la bella Venezia«* erinnert fühlte und seinen Laden deshalb »La Gondola« getauft hatte.

Ritter bestand darauf, den Mietwagen zu nehmen, weil er ihn nicht mehr brauchte und anschließend abgeben wollte. Dennoch musste Stark das Auto fahren. Er sei dazu nicht in der Lage, hatte Ritter gesagt, und müsse nachdenken.

Erstaunt sah Stark ihn an. Der Cowboy so melancholisch?

»Sag mal, wie war eigentlich deine Tanzstunde?«

»Kurz«, antwortete Ritter einsilbig.

Stark fuhr langsam den Kupfergraben entlang. Überall standen Halteverbotsschilder, vermutlich für die ganzen Reisebusse, mit denen in wenigen Minuten, sobald es zehn Uhr war, Hunderttausende japanischer Touristen auf das UNESCO-Weltkulturerbe Museumsinsel gekarrt wurden, um sich im Eiltempo durch Altes und Neues Museum, die Nationalgalerie, den Berliner Dom, das Pergamon- und das Bode-Museum schleusen zu lassen.

Nirgendwo ein Parkplatz, dafür jede Menge Politessen, die eifrig Strafzettel verteilten. Verdammte Wegelagerei, fluchte Stark innerlich, fuhr unter der S-Bahn-Brücke durch und bog in die Georgenstraße ein.

»Hast du dich blamiert?«

»Nee.« Ritter sah zu, wie Stark am S-Bahnhof zurück auf die Friedrichstraße fuhr und vor der Weidendammbrücke erneut rechts in die Straße Am Kupfergraben abbog. »Aber ziemlich dämlich angestellt.«

Stark gab Gas und bretterte drauflos, weil er direkt vor dem »Gondola« einen Lieferhalteplatz frei werden sah.

Kurz darauf betraten die Kommissare das Restaurant und sahen sich um. Ein edler Laden, todschick und nagelneu, wie alles in der Neuen Berliner Mitte. Die Tische waren schon eingedeckt, aber es fehlten die Gäste, was entweder an den fehlenden Parkmöglichkeiten oder an der Vormittagszeit lag.

»Buon giorno«, begrüßte sie ein einsamer Kellner und kam beflissen heran.

»Tag«, sagte Ritter betrübt.

»Guten Tag«, Stark zeigte kurz seinen Dienstausweis, »Kriminalpolizei«, und holte dann ein Passfoto von Katja Manteuffel aus seiner Brieftasche. »Wir haben mal eine Frage: War diese Frau letzte Woche in Ihrem Restaurant?«

»*Si*, die war hier«, nickte der Kellner eifrig und besah

sich bekümmert das Foto. »Aber sie hat sich gestritten mit einem Mann.« Er deutete hinaus auf die Straße. »Sie ist rausgelaufen. Der Mann hinterher.«

»Ach!«, machte Stark.

»War der ein ganzes Stück älter als sie?«, fragte Ritter. »Relativ groß, schüttere Haare …«

»No, no.« Der Kellner schüttelte den Kopf. »Er war vielleicht so alt wie Sie. Ein sehr gut gekleideter Mann«, setzte er hinzu, »mit italienischen Schuhen.«

Der blonde Nicolai, dachte Ritter, nur dieser Fatzke rennt so flott rum. Er kramte die Kopie einer CORNEA-AG-Broschüre aus der Innentasche seiner Lederjacke und zeigte dem Kellner das Foto des stolz dreinblickenden Dr. Nicolai.

»War es der hier?«

Der Kellner zögerte einen Moment, doch dann: *»Si!* Das ist der Mann.« Er nickte bekräftigend. »Das ist er.«

Stark und Ritter sahen sich an. War tatsächlich Nicolai der geheimnisvolle Unbekannte, von dem Judith Wenger gesprochen hatte? War er der heimliche Lover, der die Ehe von Katja Manteuffel und dem Professor in die Brüche gehen ließ?

»Nicht doch!«, brüllte Stark plötzlich und rannte auf die Straße hinaus, wo eben ein Auto des Ordnungsamtes stoppte und eine übergewichtige Politesse sich anschickte, ein Knöllchen an die Windschutzscheibe von Ritters Mietwagen zu pappen.

NEUN

Bingo!

Ritter hatte Dr. Nicolai vorladen lassen und empfand tiefe Befriedigung, als der jetzt vor ihm saß. Endlich konnte er diesem überheblichen Angeber mal zeigen, wie der Hase lief. So ein eitler Fatzke und gleich zwei teure Geliebte. Was war bloß mit den Frauen los? Lag es an der Emanzipation, oder waren es die postmodernen Zeiten, dass die Weiber heutzutage jedem Arschloch im Maßanzug den Vorzug gaben, anstatt sich auf echte Kerle zu konzentrieren?

Nee, dachte Ritter, wenn das so ist, dürfte Alice Schwarzers Bewegung zur weiblichen Gleichberechtigung ziemlich aus dem Ruder gelaufen sein.

»Ich nehme mal an«, breitbeinig marschierte er um den reglos dasitzenden, wie immer perfekt gekleideten Nicolai herum, »Ihre Verlobte wusste nichts von Ihrer Affäre mit Katja Manteuffel.« Er stützte sich auf den Tisch und raunte Nicolai von hinten ins Ohr: »Sonst hätte Ihnen der alte Andresen doch längst einen Arschtritt gegeben, oder?«

»Herr Ritter«, Nicolai wandte ungerührt den Kopf zur Seite und sah den Kommissar angewidert an, »Ihre Unterstellungen werden durch Ihre Fäkalsprache nicht intelligenter. – Da war nichts«, betonte er. »Mein Treffen mit Frau Manteuffel war rein beruflich.«

Erbärmlicher Lügner, dachte Ritter verächtlich. Du hältst uns wohl für blöd?

Oberkommissar Weber trat ins Büro und hob mit bedeutungsvoller Miene einen Computerausdruck hoch.

Ritter nickte ihm zu und wandte sich wieder an Nicolai. »Wie viele Handys besitzen Sie eigentlich?«

Nicolai stutzte. »Wieso?«

»Wir haben mal nachgezählt.« Ritter richtete sich wieder auf, ließ sich von Weber den Computerausdruck geben und überflog ihn kurz. »Wir kommen auf drei.« Er sah Nicolai an. »Eins privat, eins beruflich«, er kam wieder heran, »und dann gab es da noch ein drittes.« Er setzte sich hinter Nicolai. »Ein Spezialhandy?«

Nicolai erstarrte.

»Auf dem hat immer nur einer angerufen«, legte Ritter nach, »oder besser gesagt: Eine – Katja Manteuffel!«

Nicolai schwieg, und Ritter genoss seinen Triumph: Tja, da bist du baff, du Superinformatiker, was?

»Wir haben sämtliche Telefonate von ihr aus den letzten sechs Monaten überprüfen lassen. Da waren über dreihundert Anrufe auf Ihr Handy.« Ritter lehnte sich zurück. »Waren die alle nur beruflich?«

Nicolai verschränkte angespannt die Arme über der Brust.

»Hier«, Ritter sah auf den Computerausdruck, »gerne auch mal um Mitternacht. Um halb eins, um zwei ...«, und knallte ihn Nicolai auf den Tisch. »Jetzt bin ich echt mal gespannt.«

***

Im Nebenraum saß Professor Manteuffel zusammengesunken am Tisch. Ihn hatte Stark vorladen lassen. Immerhin war der Tod von Katja Manteuffel, dem Tatverlauf nach zu urteilen, die Folge eines Totschlags, eine Affekthandlung. Der Ausraster, nachdem die Affäre mit Nicolai bekannt geworden war?

»Sie wussten von dem Verhältnis?«

»Ja.«

»Und da haben Sie sicher gesagt: ›Schatz, kein Problem‹«, Stark konnte sich einen spöttischen Unterton nicht verkneifen, »›wir haben alle unsere kleinen Schwächen.‹«

Er lehnte sich an einen schmalen Tisch an der Wand und versuchte sich vorzustellen, wie das gelaufen war: Auf irgendeine Art und Weise hatte Manteuffel herausbekommen, dass ihn seine Frau betrog. Möglicherweise schon seit Jahren. Und dann? Wie hatte er reagiert?

»Nachsichtig? Verständnisvoll? Souverän? War das Ihre Reaktion?«

Manteuffel seufzte verbittert und schüttelte den Kopf.

»Oder sind Sie durchgedreht?«

Immerhin hatte es einen Streit gegeben, woraufhin Katja Manteuffel das gemeinsame Haus verlassen hatte und in ein Hotel gezogen war. War er ihr gefolgt, hatte er ihr aufgelauert, vielleicht nur, weil er sie zur Rückkehr bewegen wollte? Aber sie wies ihn ab, lachte ihn aus, verhöhnte ihn, so lange, bis er rot sah und zuschlug? Immer wieder? – War es so gewesen?

»Ich hätte ihr nie wehtun können«, flüsterte Manteuffel tonlos. »Nie.«

Stark nickte langsam und sah verstohlen durch die Scheibe ins Nebenzimmer.

***

Dort saß Ritter auf seinem Schreibtisch und ließ den blonden Nicolai nicht aus den Augen. Der war kaltblütig genug für einen Mord, dessen war er sich sicher: Dieser Maßanzugträger würde für seine Karriere über Leichen gehen, das war klar, das lernen die so, für solche Leute ist Karriere machen wie Krieg führen, da geht es Auge um Auge, Zahn um Zahn. Wer im Weg steht, wird vernichtet.

»Ihre Verlobte wusste nichts von Ihrer Affäre mit Katja Manteuffel«, stellte er fest.

»Das sagte ich bereits.« Nicolai war sauer.

»Aber nachdem Sie Ihre Affäre mit Katja Manteuffel beendet hatten«, folgerte Ritter, »mussten Sie Angst haben, dass sie sich rächt. Indem sie zu Mareike Andresen geht und ihr die Wahrheit sagt.« Und dann wäre Schluss gewesen mit dem schönen Chefposten in Schwiegerpapa Andresens CORNEA-AG.

»Nein, verdammt!« Nicolai hielt es nicht länger auf seinem Stuhl. »Ich habe mich mit Mareike ausgesprochen. Montagabend.« Aufgewühlt lief er im Büro umher. »Können Sie sie gern selber fragen!« Er fuhr herum, außer sich, das Gesicht gerötet, und rief mit einem unangenehm schrillen Klang in der Stimme: »Ich lasse mir von Ihnen doch keinen beschissenen Mord anhängen!«

Na endlich, dachte Ritter spöttisch, jetzt klappt er zusammen, und kein Mentaltrainer ist in Sicht. Wahrscheinlich rennt er nachher gleich zur Supervision, der Ärmste.

***

Stark wanderte langsam um den Tisch herum, an dem der Professor zusammengesunken saß.

»Herr Manteuffel, vielleicht hätte Ihre Frau auch ohne Sie Karriere gemacht.« Ganz sicher hätte sie das, ehrgeizig genug ist sie ja gewesen. »Aber Chefärztin mit einundvierzig? Das wohl nicht.«

Das bekommt selbst der Ehrgeizigste nur mit erstklassigen Beziehungen hin. Das Mittelalter, es ist nicht vorbei, noch immer leben wir in einem Ständestaat. Und Katja Manteuffel, das Mädchen aus dem Osten mit den großen Zielen, hatte genau gewusst, wohin sie wollte. Und dazu brauchte sie den hochverehrten, international anerkannten Professor mit den erstklassigen Kontakten. Deshalb, und nur deshalb hatte sie ihn geheiratet, einen Mann, der zwanzig Jahre älter war als sie und seinen Hobbys frönte; Hobbys, die sie nicht ausstehen konnte, die sie hasste, wie alles an ihm. Aber sie hatte es sich nicht anmerken lassen, solange er ihr alle Türen öffnete. Und als sie hatte, was sie wollte, ließ sie ihn fallen.

»Kamen Sie sich benutzt vor?«

»Ich habe sie nicht umgebracht.«

»Aber daran gedacht haben Sie.«

Manteuffel schwieg.

Natürlich hast du daran gedacht, gib's doch zu! Stark beobachtete den Mann vor sich. Du warst außer dir vor Wut, ich kenne deine Biographie. Lutz Manteuffel der Altachtundsechziger, Stamokap-Jünger im SDS, allzeit bereit für die Revolution der Großbürgersöhne. So einer lässt sich auch im Alter nicht von einer karrieregeilen Aufsteigerin an der Nase herumführen. Sie hat dich weggeworfen wie ein altes Handtuch, unglaublich, aber wahr und keinesfalls zu akzeptieren. Du bist zu ihr in den Wagen gestiegen, wolltest Rechenschaft, doch sie hat dich nur ausgelacht, dich, die gefeierte Koryphäe der Augenheilkunde, sie hat gelacht und dich verhöhnt, und du hast heute noch ihre Stimme im Ohr, es war nicht auszuhalten, dieses höhnische Gelächter, Schluss, hast du gedacht, hör auf! Ruhe! *Hör endlich auf!* Und als es still wurde, war sie tot. Ich verstehe das sogar, auch mir ist die Frau abgehauen und hat mich mit meinem Sohn sitzen lassen, ich kann das alles begreifen, diese Ohnmacht, diese Wut …

Vielleicht hast du ja alles verdrängt? Hast gehofft, alles sei nur ein böser Traum, und vielleicht hast du wirklich geglaubt, dass deine Frau wieder auftaucht, pünktlich zur Operation an diesem blinden Mädchen. Du hast ihr sogar den Eingriff überlassen, nur damit sie zurückkommt. Der Netzhautchip wäre ihr größter Triumph gewesen, das hätte sie sich nie entgehen lassen. Aber sie kam nicht. Sie war längst tot. Lag erschlagen in ihrem Auto.

»Ich habe Frau Vonk vor der OP noch Mut zugesprochen«, sagte Manteuffel leise, »und ihr gesagt, wie stolz ich bin, dass meine Frau sie operiert.« Er nickte bekräftigend. »Können Sie nachprüfen.«

Stark ging ans Fenster und sah hinaus.

»Das Projekt geht doch auf Ihre Idee zurück.« Er wandte sich wieder zu Manteuffel um.

»Ja.«

»Warum haben Sie nicht selber operiert?«

»Weil …« Manteuffel seufzte. »Seit sechs Jahren stehe ich nicht mehr im OP.« Er zeigte Stark seine Hand. Sie zitterte. »Tremor«, erklärte er schicksalsergeben, »Bandscheibenvorfall, Halswirbelsäule …«

Da kann man nichts machen, dachte Stark. Er setzte sich auf einen Stuhl am Fenster und lehnte sich zurück.

»Gut, Sie können gehen.«

Manteuffel sah Stark verwundert an.

»Fürs Erste«, setzte der hinzu.

***

»Typen wie Sie kenne ich: Die fahren auf der Autobahn prinzipiell links. Drängeln, hupen, legen sich mit jedem an, drohen sofort mit einer Anzeige. Und sich selber halten sie für den Allergrößten!«

Ritter hatte sie so satt, diese gelackten Karrieristen, die Skrupellosigkeit für eine vorbildliche Charaktereigenschaft halten, die so hart sind zu den anderen und so weich, wenn es mal sie selbst trifft. Dann huschen sie schnell zum Analytiker auf die Couch und lassen sich neu programmieren, zurück auf Start, ich bin alles, der Rest ist nichts. Ritter sah zu, wie sich Nicolai an einem Wasserspender einen Becher füllte, und trat angewidert an ihn heran.

»Mit Katja Manteuffel waren Sie im Bett, damit Sie die Forschungsgemeinschaft mit der Uniklinik kriegen.« Er wies ihm verächtlich die Tür. »Hauen Sie ab, mir ist schlecht.«

Nicolai trank seinen Plastikbecher aus, stellte ihn auf den Wasserspender und verließ grußlos das Büro.

Erst mal lüften, dachte Ritter seufzend, damit der Gestank verschwindet. Aber die Fenster bei der Wasserwirtschaft ließen sich nicht öffnen. Stattdessen gab's eine Klimaanlage. Auch nicht sonderlich korrekt, überlegte Ritter und ging langsam, so als zählte er jeden Schritt, zu seinem Schreibtisch zurück, jedenfalls aus ökologischer Sicht.

Er ließ sich auf seinen Stuhl fallen und legte lässig die schlangenlederbestiefelten Füße auf die Tischplatte.

Aaah, wie gut das tat. Wie entspannend das war. Sheriff, dein Job kann echt hart sein. Vor allem wenn man so blondierte Fatzkes wie diesen Nicolai befragen muss. In Dodge City hätten sie solche Typen gleich übern Haufen geschossen. – Aber heute: – In dubio pro Arschgeige!

Seufzend lehnte er sich zurück, die Hände hinter dem Kopf verschränkt. Was, wenn Nicolai wirklich unschuldig war? Konnte man das ausschließen? Gab es noch andere Verdächtige? Außer ihm und Professor Manteuffel? Was war mit den Frauen? Was war, zum Beispiel, mit der anderen Betrogenen?

Ritter sah auf: Aus dem Nebenraum kam Stark, auch er wirkte erschöpft. Er lächelte dem Cowboy müde zu und setzte sich zu ihm auf die Schreibtischkante.

»Was ist?«

»Na ja, ich versuch mich gerade mal in Mareike Andresen reinzuversetzen.« Ritter spielte gedankenverloren mit einem Kugelschreiber. »Für die muss das ja furchtbar gewesen sein. Ausgerechnet Katja Manteuffel macht mit ihrem Freund rum. Das war doch wie ein …«, er suchte nach Worten, »… Schlag ins Genick. Die muss doch völlig ausgeflippt sein.«

»Na, wenn sie es erfahren hat«, gab Stark zu bedenken, »was wir beweisen müssen.«

»Tach, die Damen!« Weber schob einen mit Ordnern vollgepackten Aktenwagen herein.

»Na«, rief Ritter, »machste endlich deine Steuern?«

Weber nickte spöttisch. Stark erhob sich.

»Ach, das sind die Finanzunterlagen von Phydra«, sagte er und betrachtete die Aufschriften auf den Aktendeckeln.

»Für lange Winterabende«, erwiderte Weber.

»Pünktlich und vollständig, wie bestellt«, lobte Stark, »jetzt müssen wir nur rausfinden, was hier nicht stimmt.«

»Ja«, nickte Weber, »und wer soll det machen?«

Ritter hob abwehrend die Arme, knipste demonstrativ seine Schreibtischlampe aus und erhob sich. Für heute war es gut, er war noch nie ein Bürohengst gewesen.

Er zog sich die Lederjacke über, verbeugte sich zum Abschied vor Weber und ging.

Weber sah Stark an. Doch auch der hatte Abstand vom Aktenwagen genommen und schüttelte bedauernd den Kopf. Dann klopfte er dem Oberkommissar aufmunternd auf die Schultern und verließ ebenfalls das Büro.

Schöne Scheiße, dachte Weber. Doch so sind se eben, die Wessis, keene Arbeit nich jewohnt, aber den Kampf der Systeme jewinnen. Die Welt is unjerecht, da kannste nix machen.

Ergeben begann er, die Akten zu studieren.

ZEHN

Die Geschäftsführung der CORNEA-AG hatte alle Beteiligten des Phydra-Projekts in den großen Vortragssaal geladen, außerdem Mitarbeiter der Universität, ausgewählte Journalisten und, als Vertreterin des Ministeriums für Bildung und Forschung, Judith Wenger.

Alle waren in gespannter Erwartung. Wie würden die ersten Tests des neuen Netzhautchips am menschlichen Auge ausfallen? War es tatsächlich möglich, Blinden aufgrund neuester wissenschaftlich-optoelektronischer Forschungen und Erkenntnisse das Augenlicht wiederzugeben? Wenn ja, wäre das eine Sensation, die die Augenmedizin revolutionieren würde.

Ein Kameramann filmte die Vorbereitungen: Kerstin Vonk saß vor den Zuschauern auf einem Stuhl, den Kopf an einer Stütze fixiert, und schluckte schwer. Ihr gegenüber flimmerte ein großer Monitor, auf dem vor schwarzem Hintergrund ein feines Netzgitter erkennbar war.

Dr. Nicolai, heute im weißen Kittel über dem Maßanzug aus der Savile Row, befestigte Elektroden an ihrer Stirn, um die aktivierten Hirnströme messen zu können.

Mareike Andresen stand an einem Elektroenzephalographie-Gerät, um die Feinabstimmung justieren zu können, und ihr Vater, Dr. Manfred Andresen, wandte sich als Chef der CORNEA-AG feierlich an die geladenen Gäste.

»Als gelernter Physiker weiß ich, dass jede Wissenschaft mit einem Zweifel beginnt, der sich gegen den

Glauben auflehnt.« Er sah in die Runde und stellte mit Pathos fest: »Wir haben geglaubt, dass Forschung alles kann, wenn sie alles will: dass das Unmögliche möglich ist.« Mit großer Geste wandte er sich an Professor Manteuffel, der mit angespannter Miene in der ersten Reihe saß.

»Dir, lieber Lutz, gebührt der größte Dank. Du hattest die Idee. Ich bin stolz, dein Freund zu sein.«

Manteuffel nickte dankend, und die Anwesenden klatschten Beifall.

»Aber die acht Millionen«, Andresen sah launig zu Judith Wenger hinüber, »vom Ministerium haben wir auch gerne genommen.«

Erneutes Klatschen.

Judith Wenger senkte den Kopf, als sie die Kommissare Ritter und Stark hereinkommen sah. Ritter schaute sie melancholisch an, und Andresen versuchte, die Kommissare keines Blickes zu würdigen, was ihm nicht so recht gelingen wollte.

»Bitte, Herr Nicolai, Sie können dann anfangen.«

Der straffte sich in seinem weißen Kittel und setzte eine gewichtige Miene auf, die er, so nahm es Ritter wenigstens an, vorher vor dem Spiegel geübt hatte.

»Ich starte nun die Energiezufuhr«, Nicolai tippte auf einer Tastatur herum, »und aktiviere den Chip.«

Er richtete sich auf und sah prüfend auf den Kontrollschirm. Dann ging er, nicht zu schnell, zu Kerstin Vonk herüber. Die hatte die Augen angespannt auf den großen Monitor gerichtet. Im Gitternetz erschien ein weißes Quadrat, das auf die Projektionswände übertragen wurde, damit auch die Gäste erkennen konnten, was genau geschah.

»Können Sie etwas sehen, Frau Vonk?«

Nicolai sah sie angespannt an.
Zunächst geschah nichts.
»Frau Vonk?«
Ritter und Stark blickten abwechselnd auf die Projektionswände und auf Kerstin Vonk.
Es herrschte absolute Stille im Raum, nur das leise Surren der Computerlüfter war zu hören.
Mareike Andresen hielt sich nervös die Hand vor den Mund.
Judith Wenger saß verkrampft und leicht vorgebeugt im Zuschauerraum.
Professor Manteuffel beobachtete das Geschehen fast reglos, nur seine Mundwinkel zuckten ein wenig. Warum sagte sie nichts? Warum schwieg Kerstin Vonk? Weil alles umsonst gewesen war? Die Forschungsarbeit von Jahren – ein Flop?
»Da …«, Kerstin Vonk biss sich auf die Lippen und sah starr auf den Monitor, »… da ist ein …«
Manfred Andresen schloss die Augen und rieb sich über das Gesicht.
»… ein Quadrat?«
Judith Wenger atmete erleichtert auf, Andresen öffnete die Augen wieder, und Professor Manteuffel erhob sich von seinem Sitz.
»… hell«, setzte Kerstin Vonk stockend hinzu, »braun oder … weiß?«
Nicolai nickte unmerklich, lief wieder zu seinem Computer und drückte eine andere Taste. Auf dem Monitor erschien statt des Quadrates ein Dreieck, ebenfalls weiß.
»Und was sehen Sie jetzt?«
Manteuffel kam leise heran, sah gespannt, fast flehend auf Kerstin Vonk.

»Ich weiß nicht«, sagte sie leise, und ihre Augen schimmerten feucht. »Ich glaube … – ein Dreieck?«

»Ja!«

Die Zuschauer jubelten. Was für ein sensationeller Erfolg! Begeisterung, erleichtertes Aufatmen. Die Anwesenden sprangen beglückt auf, Bravo-Rufe wurden laut.

Andresen und Manteuffel nickten sich zufrieden zu.

Judith Wenger lehnte sich zurück, und auch Ritter war baff.

»Wahnsinn«, sagte er zu Stark, »oder?«

Stark nickte versonnen, beobachtete das Podium.

Andresen ging zu Nicolai, drückte ihm dankend die Arme und umarmte dann seine Tochter Mareike.

»Meine Augen tun jetzt weh«, sagte Kerstin Vonk.

»Ich schalte aus«, beeilte sich Nicolai und unterbrach die Stromversorgung des Netzhautchips.

»Herzlichen Glückwunsch, Frau Vonk!« Andresen drückte ihr die Hände. »Ich freue mich sehr für Sie …«

»Die Ganglienzellen wurden stimuliert«, erklärte Nicolai mit einer Miene höchster Genugtuung und deutete auf seinen Computer, »der Rechner hat das klar aufgezeichnet.«

Mareike Andresen trat heran und lächelte befreit.

»Wir haben die Energiezufuhr noch begrenzt, um die Retina nicht zu schädigen.« Nicolai nickte ihr zuversichtlich zu. »In der nächsten Stufe fahren wir das langsam hoch. Das wird schon. Wir müssen testen, testen, testen.«

Die Kommissare traten heran.

»Wir stören nur ungern«, wandte sich Stark an Mareike Andresen, »aber wir müssen mit Ihnen reden.«

»Jetzt?« Nicolai zog kopfschüttelnd die Augenbrauen hoch und bat die Kommissare seufzend hinaus; Mareike Andresen folgte.

Professor Manteuffel sah ihnen nachdenklich nach. Dann beugte er sich über den Computerbildschirm und betrachtete aufmerksam die Diagramme darauf.

»Ihr Verlobter unterhielt eine Liebesbeziehung.« Die Kommissare gingen mit dem weiß bekittelten Nicolai und Mareike Andresen ins Treppenhaus und blieben vor einem der Aufgänge stehen.

»Zu Katja Manteuffel«, setzte Stark hinzu. »Wussten Sie das?«

»Ja.« Mareike Andresen nickte.

»Seit wann?«, erkundigte sich Ritter.

»Ich sagte Ihnen doch schon«, erregte sich Nicolai, »wir haben uns ausgesprochen, am Tag vor der OP ...«

»Habe ich Sie gefragt?«, brüllte Ritter energisch, und Mareike Andresen starrte ihn erschrocken an.

»Er sagt die Wahrheit«, bekräftigte sie leise, »ich habe ihm verziehen.«

»Ist ja rührend.« Ritter verzog den Mund zu einem spöttischen Grinsen. Die lügen hier alle, dachte er kopfschüttelnd, wahrscheinlich können die gar nicht mehr anders.

»Wo fand denn die Aussprache statt?«, wollte Stark wissen.

Mareike Andresen zögerte und sah ratlos zu Nicolai.

Stark und Ritter wechselten einen genervten Blick. Was war das denn, hatten die etwa keine wie auch immer geartete Lüge parat? Nicht abgesprochen, was? Ts, ts, wie leichtsinnig!

»Sie werden sich doch wohl daran erinnern«, sagte Stark, »das ist schließlich erst ein paar Tage her.«

Mareike Andresen schwieg und verschränkte die Arme über der Brust wie ein trotziges Kind.

Nicolai nickte ihr beruhigend zu. Dann sah er die Kommissare an.

»Bei mir zu Hause«, erklärte er wenig überzeugend.

»Na dann ...!«, Ritter lachte ungläubig und wandte sich zum Gehen. »Feiern Sie mal noch schön.«

Die Kommissare verließen das Gebäude, und auch Nicolai ging zurück in den Vortragssaal, nicht ohne Mareike vorher in betonter Nachsicht den Arm getätschelt zu haben.

Sie blieb allein im großen Treppenhaus der CORNEA-AG zurück und blickte eigenartig verloren ins Leere.

Wer deckt hier eigentlich wen?, überlegte Ritter, als sie über die Straße zum Wagen gingen, Mareike diesen Nicolai oder Nicolai Mareike? War die überhaupt in der Lage, die mindestens genauso kräftige Katja Manteuffel umzubringen? Indem sie deren Kopf gegen den Türholm schlug, mehrmals, aus sitzender Position? Oder war doch der Professor der Täter, wie Stark vermutete? Warum aber verhielten sich dann Nicolai und Mareike so verdächtig? Weil sie sich selbst nicht über den Weg und gegenseitig das Schlimmste zutrauten?

Wie auch immer, jetzt gab es drei Verdächtige: Alle hatten ein Motiv, alle benahmen sich, als hätten sie mehr als nur Dreck am Stecken. Nur nachweisen konnte man ihnen nichts. Noch nicht.

Die Kommissare stiegen in den silbergrauen Mietwagen, den Ritter doch noch nicht abgegeben hatte. Er brachte es einfach nicht übers Herz. Das wäre so etwas wie das Eingeständnis seines Scheiterns bei Judith Wenger gewesen, und Ritter scheiterte ungern. Vor allem bei schönen Frauen. Vielleicht gab sie ihm ja noch eine zweite Chance? Sehnsüchtig sah er zu, wie sie von Andresen und Nicolai zum Taxi gebracht und verabschiedet wurde. Der alte Andresen hielt ihr sogar die Tür auf und küsste ihr die Hand.

Wie galant, dachte Ritter und startete den Motor in dem Impuls, dem abfahrenden Taxi umgehend zu folgen. Doch Stark hielt ihn davon ab und wies auf Andresen und Nicolai, die vor dem Portal der CORNEA-AG heftig miteinander diskutierten. Ihren Gesten nach stritten sie sich. Aber worüber? Wo sie doch gerade den größten Triumph ihrer Karriere zu feiern hatten? Allem Anschein nach funktionierte der Netzhautchip. Die beiden standen vor dem ganz großen Durchbruch. Warum also dieser aufgebrachte Disput? Schade, dass man nicht verstand, worum es ging.

»Für die CORNEA-AG ist dieser Chip doch wie ein Sechser im Lotto«, sagte Ritter nachdenklich, »und der Nicolai ist derjenige, der den Tippschein ausgefüllt hat. Der Andresen müsste ihm doch eigentlich die Füße küssen.« Fragend sah er Stark an.

Nicht wenn Nicolai seine Mareike betrogen hat, dachte Stark, Väter können da sehr empfindlich sein. Immerhin hatte Andresen den Verlobten seiner Tochter zum Geschäftsführer seines Unternehmens gemacht. Und dann hat der nichts Besseres zu tun, als fremdzugehen. Mit der Ehefrau seines besten Freundes. Wer wäre da nicht enttäuscht?

»Ich finde den Andresen gar nicht so verkehrt. Ich meine, er ist immerhin der Einzige, der sich um Kerstin Vonk gekümmert hat. Die anderen denken ja nur an ihre Karriere.« Stark schnallte sich an, doch der Cowboy machte keine Anstalten, loszufahren.

»Was ist denn?«, fragte Stark.

Ritter überlegte und druckste einen Moment lang herum.

»Wie würdest du dich«, sagte er nach einer Weile, »bei einer Frau entschuldigen?«

Stark grinste. Er mochte es, wenn der Cowboy nicht weiterwusste.

»Ich mein«, Ritter machte ein hilfloses Gesicht, »wenn du Mist gebaut hättest?«

»Na, da empfehle ich doch«, Stark sah ihm tief in die Augen, »die gute alte Schule.«

ELF

Pünktlich zum Feierabend lief Ritter in wiegendem Schritt vor dem Forschungsministerium auf und ab, so als hätte er einen weiten Ritt durch die Prärie hinter sich. Hinter dem Rücken hielt er einen großen Strauß weißer Rosen versteckt.

Judith Wenger kam eilig aus dem Personaleingang, winkte dem Pförtner knapp zu und stockte.

Ritter ging verlegen auf sie zu. Wie hübsch sie wieder aussah in ihrem hellen, leichten Mantel, das lange Haar offen und etwas zerzaust vom sicher sehr anstrengenden Ministerialbeamtenalltag. Fragend sah sie ihn an.

»Tja …«, machte Ritter und räusperte sich. »Würden Sie noch mal mit mir tanzen gehen?« Er zückte die Rosen wie einen Colt und überreichte sie ihr.

Verblüfft nahm Judith Wenger den Strauß entgegen.

»Das sind meine Lieblingsblumen«, freute sie sich, »woher wussten Sie das?«

»Ich habe Ihre Sekretärin gefragt.«

Judith Wenger lachte wie ein junges Mädchen und sah sich versonnen die Rosen an.

»Und die hat es mir gesagt«, setzte Ritter hinzu.

»Danke.« Judith sah ihn strahlend an und schenkte ihm ein Lächeln, das Steine schmelzen ließ.

***

»You won't admit you love me«, sang Doris Day aus den Boxen des »Paso Doble«-Tanzclubs, *»and so how am I ever …«*, und Ritter, heute ganz in Schwarz, wirbelte

Judith Wenger übers Parkett des verspiegelten Saals, »*... to know? You always tell me: Perhaps, perhaps, perhaps.*«

Auch sie trug Schwarz, ein elegantes Kleid, und allein der Umstand, dass sie farblich immer im Partnerlook waren, ohne dass es abgesprochen gewesen wäre, veranlasste Ritter zu romantischen Überlegungen. Vielleicht gibt es doch ein Schicksal, dachte er, das uns einander vorbestimmt hat?

Tief sah er ihr in die Augen, meerblaue Seen, die einen verschlingen konnten, wenn man nicht aufpasste. Aber wollte er aufpassen? – Wozu? Er hatte Judith Wenger im Arm, dieses wunderbar leichte, schlanke Wesen aus dem Elfenland. Wie sie sich wiegte und an ihn schmiegte – da konnte man alles andere vergessen: die Paare drum herum, den schwulen Tanzlehrer und den blöden Mordfall Katja Manteuffel.

Wen interessierte das Gestern? Wichtig war allein das Hier und Jetzt!

»Wir können ja noch zu dir fahren«, sagte er deshalb später, nach der Tanzstunde, als sie dicht nebeneinander in den braunen Clubsesseln der »Paso Doble«-Lounge saßen.

Judith Wenger lächelte. »Wenn ich dir verraten würde, wo ich wohne!«

»Hey«, raunte Ritter und zog sie näher zu sich heran, »ich bin ein Bulle! Ich kann das rausfinden.«

Ihre Gesichter waren sich plötzlich sehr nah.

Er sah ihre schimmernden Augen, ihre schlanke Nase, ihre Lippen; du lieber Gott, was für ein herrlicher Mund, diese Frau küsst bestimmt wie ein Engel. Wahrscheinlich ist sie das sogar, dachte Ritter, denn anders konnte er sich die Gefühle nicht erklären, die ihn plötzlich übermannten. Was war los mit ihm? War er verliebt wie ein Schuljunge in die Klassensprecherin? Nein, das war mehr, der Cowboy hatte seinen Engel gefunden, eine himmlische weiße Rose, und er würde mit ihr zusammenbleiben und sie küssen – ihre Lippen öffneten sich sanft bis …

Ihr dämliches Handy piepte los.

Egal, lass piepen, dachte Ritter, wir sind so kurz davor …

Doch sie hauchte ihm ein hilfloses »Entschuldigung« hin und wandte sich ab.

Mist, verdammter! Enttäuscht lehnte Ritter sich zurück. War er zu alt geworden? Zu langsam und ohne wirkliche Leidenschaft? Oder was stimmte sonst nicht mit ihm, wenn ihr jedes blöde Telefonpiepen wichtiger war?

»Ja, hallo?« Judith hatte das Handy aus ihrer Handtasche genestelt und hielt es sich ans Ohr. Als ihr klar war, wer anrief, erhob sie sich und ging etwas beiseite.

Ritter reckte ungehalten den Hals. Was durfte er nicht hören? Wer war da, zum Teufel noch mal, so wichtig?

»Ich kann jetzt nicht«, zischte Judith ungehalten ins Telefon und lauschte angespannt. »Aber …«

Wer immer am anderen Ende der Leitung war, er quatschte sie ziemlich voll. Und er schien damit Erfolg zu haben, denn nach einer Weile lenkte sie ein.

»Gut … Dann bis in einer halben Stunde.« Sie ließ das Handy langsam sinken, drehte sich beklommen zu Ritter um.

Der saß bewegungslos da, ein Bein über das andere geschlagen, und sah sie aufmerksam an.

»Tut mir leid, ich muss gehen«, flüsterte sie leise.

Na, auf den Grund bin ich jetzt aber mal gespannt, dachte Ritter ungläubig.

»Meine Mutter ist krank.« Sie nahm ihren Mantel.

»Deine Mutter ist krank?« Ritter konnte es nicht fassen. »Das ist jetzt nicht dein Ernst, oder?«

Sie sah ihn hilflos an und hängte sich die Tasche über die Schulter.

»Tut mir leid!«, wiederholte sie.

Und damit ging sie.

»Gute Besserung«, rief er ihr sarkastisch nach.

Irgendwas stimmte nicht. So viel war klar.

Und um herauszufinden, was nicht stimmte, musste Ritter schnell sein. Schnapp dir deinen Gaul, *old boy*, und sei vor den anderen in der Stadt!

Ritter sprang auf. Er wusste, dass es hinter der Bar des »Paso Doble« eine Nottreppe gab, die schnurstracks runter auf die Straße führte. Wenn er die nahm, konnte er schneller an seinem Wagen sein als Judith, die ihren Mini immer gebührenpflichtig auf dem Hof parkte. – Also los!

Ritter stürmte davon, nahm immer vier Stufen auf einmal und war dreißig Sekunden später in seinem Auto.

Kurz darauf kam auch der kleine Mini aus der Hofeinfahrt gefahren und stoppte vor einem Fußgänger. Judith Wenger saß kerzengerade am Steuer, hoch konzentriert. Offenbar war sie nicht besonders geübt am Steuer, was völlig in Ordnung war, das machte die Verfolgung leichter.

Ritter duckte sich hinter dem Lenkrad, da Judith genau in seine Richtung sah. Ob sie den Mietwagen erkannt hatte?

Vorsichtig kam er wieder hoch.

Nein, sie war viel zu sehr mit dem Autofahren beschäftigt und brauchte eine Weile, bis sie es wagte, sich in den dichten Verkehr auf dem Mehringdamm einzufädeln.

Ritter startete den Motor und gab Gas.

Judith Wenger fuhr in Richtung Hallesches Ufer und unter dem Viadukt der Linie eins hindurch auf die Wilhelmstraße.

Ritter blieb dicht an ihr dran und schaltete sein Navi ein. Vielleicht bekam er so heraus, wohin sie wollte; dann könnte er vorfahren und sie dort erwarten. Unbemerkt natürlich.

Aber Judith Wenger hatte einen seltsamen Kurs, wie das bei Fahranfängern oft vorkommt, weil sie den Spurwechsel nicht rechtzeitig hinbekommen und dann die Abfahrt nicht nehmen können. Auch hatte sie die Eigenart, immer mit Vollgas auf eine gelb schaltende Ampel zuzufahren, um dann abrupt zu stoppen, weil sie sich doch nicht mehr über die Kreuzung traute.

Ritter ging fluchend in die Eisen, dass es kreischte. Frauen am Steuer! Das fehlte noch, dass er ihr hinten reinfuhr. Insgeheim beglückwünschte er sich, dass er den Mietwagen noch behalten hatte. Ohne den hätte er jetzt alt ausgesehen. Doch er hatte bei Judith Wenger von Anfang an das Gefühl gehabt, dass er ein Auto brauchte. Eines, bei dem man nicht jede Dienstfahrt genau abrechnen und protokollieren musste. Brauchte ja nicht jeder zu wissen, was er in seiner Freizeit trieb.

Judith Wenger bog vor der Britischen Botschaft notgedrungen rechts ab, da die Straße hier seit Jahren aus Angst vor islamistischen Terroristen mit schweren Stahlpollern gesperrt und von Polizisten gesichert wurde.

Sie fuhr die Behrenstraße hinunter, an der Komischen Oper vorbei und hatte dann Probleme, am »The Westin Grand«-Hotel links in die Friedrichstraße einzubiegen. Minutenlang stand sie unschlüssig vor der Kreuzung und wagte es nicht, einfach mal kühn draufloszufahren …

… und vor allem blinken, Mädel, blinken, damit die anderen wissen, was du vorhast! Junge, Junge, Junge! Ritter schüttelte den Kopf. Am liebsten wäre er ausgestiegen und hätte ihr geholfen.

Endlich, mit quietschenden Reifen, fuhr sie los, mit Vollgas in die Friedrichstraße rein und dabei fast die rote Ampel an den Linden übersehend. Kreisch! Schon stand sie wieder, und ein paar Passanten zeigten ihr einen Vogel.

Ritter lächelte. Ob sie bei dem Mini auch 'ne Blondinenhilfe braucht? Zum Einparken, wo's dann piepst, bevor man – huch! – die Stoßstange des anderen touchiert?

Touristen strömten die Friedrichstraße hinunter und Unter den Linden entlang und drückten sich die Nasen an den Auslagen der teuren Geschäfte platt. In einer Luxuswagenvertretung standen hubraumstarke Bugattis und Bentleys, viel Chrom und auffällige Lackierungen, dezent beleuchtet.

Wenn schon ein ökologisch sinnfreies Auto, dachte Ritter, dann wenigstens einen alten 57er Thunderbird, der macht wirklich was her.

Es ging weiter, immer die Friedrichstraße entlang und dann – Judith Wenger blinkte rechts; ach, dann doch nicht – weiter geradeaus unter der S-Bahn-Brücke hindurch und am Admiralspalast vorbei. Straßenbahnen rauschten vorüber, wieder blinkte sie rechts, bog am

Kupfergraben ein und stoppte den Mini vor dem »La Gondola«.

Ritter ließ den Wagen ausrollen und hielt ebenfalls. Er wartete, bis sie im Restaurant verschwunden war, und stieg aus.

Von wegen Freizeit: Im »La Gondola« hatte sich Dr. Tim Nicolai erhoben, ging auf Judith Wenger zu und nahm sie zur Begrüßung in den Arm. – Ritter war fassungslos: Ausgerechnet dieser eitle Fatzke!

Energisch lief er auf das Restaurant zu, öffnete die Tür. Noch immer war es ohne Gäste. Lediglich Nicolai, ein Glas Rotwein vor sich, und Judith Wenger saßen an einem Tisch am Fenster.

Ritter trat heran, mühsam seinen Ärger verbergend.

»Geht's deiner Mutter schon wieder besser?«, fragte er sarkastisch und packte Judith unmissverständlich am Arm. »Sie entschuldigen uns einen Moment.« Er bedachte Nicolai mit einem verächtlichen Blick und zog Judith zur Bar. Jetzt wollte er Klartext hören, aber *subito*!

Nicolai atmete tief durch und rief den Kellner.

»Einen Grappa, bitte!«

»Si, signore.«

»Also, was läuft da?« Ritter stützte sich schwer auf den Tresen und warf einen Seitenblick zu Nicolai.

»Wir beide kennen uns schon ewig«, gestand Judith Wenger leise, »wir haben zusammen studiert. Wir hatten eine WG zusammen mit Katja Manteuffel.«

Na bravo, dachte Ritter hilflos, die schöne Judith steckt mit drin. Und zwar ganz tief. Was für ein verkorkster Abend! Zwei hübsche Medizinstudentinnen und der angehende Informatiker. Wahrscheinlich hat er beide gevögelt, und dann haben sie sich geschworen, gemeinsam Karriere zu machen, komme, was wolle. Und aus der *romance à trois* wurde ein *pacte de corruption*, eine fette Seilschaft, heute nennt man so was Networking. – Mist!

»Ich wollte dir das die ganze Zeit schon sagen«, versicherte sie ihm mit einem beteuernden Augenaufschlag, »aber ...«

Ritter sah ins Leere.

»Ich weiß, das sieht jetzt nach Vetternwirtschaft aus«, treuherzig sah sie ihn an, »das ist es aber nicht. Ich habe Berufliches und Privates ...«

»... immer auseinandergehalten?« Ritter konnte es nicht fassen. Dachte sie wirklich, dass er ihr diesen Schwachsinn glaubte? »Leg doch mal ‘ne andere Platte auf!«

Sie schlug die Augen nieder und senkte schuldbewusst den Kopf.

Ritters Fäuste ballten sich, dass die Fingerknöchel weiß hervortraten.

»Was will er denn von dir?«, erkundigte er sich.

»Er wollte wissen, was ich dir über ihn und Katja erzählt habe«, sagte Judith leise und versicherte: »Aber ich hab ihm nichts gesagt.«

Natürlich nicht, dachte Ritter, dafür war ich zu schnell hier.

»Was ist denn das, was ich nicht wissen darf?« Er sah wieder zu Nicolai herüber und maß kurz die Entfernung zur Tür, falls der Typ abhauen wollte. Aber Nicolai trank ruhig seinen Rotwein und wartete ab. Ein verdammt abgebrühter Hund, das musste man ihm lassen. War es das, was die Frauen reizte? Die Chuzpe, mit der er selbst noch seinen Untergang zelebrierte? Oder war er sich so sicher, gar nicht absaufen zu können, weil Fett immer oben schwimmt?

»Wie lange waren die schon zusammen?«

»Zwanzig Jahre«, Judith Wenger machte ein abgeklärtes Gesicht, »mehr oder weniger.«

»Zwanzig Jahre«, wiederholte Ritter leise, du lieber Gott.

»Die beiden waren schon an der Uni unzertrennlich«, setzte Judith hinzu. »Als Katja dann Lutz Manteuffel geheiratet hat, gab es ein halbes Jahr Funkstille, und dann ging's wieder weiter.«

Klar. Ritter nickte nachdenklich. Das ist eine reine Zweckehe gewesen. Der Karriere verpflichtet. Und genauso wird es Nicolai gehalten haben, als er die Tochter des CORNEA-Chefs traf …

»Die Verlobung mit Mareike Andresen hat offensichtlich nicht gestört«, sagte Judith bekräftigend, »das war ja geschäftlich. Katja hatte keine Probleme damit, sie war ja genauso.«

Und du, dachte Ritter, bist du auch genauso? Er sah Judith nachdenklich an. Oder hältst du das alles für völlig normal? Gehört das heute zum Erfolgreichsein? Ist mir da irgendwas entgangen?

Sie schüttelte den Kopf, verstand seinen Blick falsch. »Aber frag mich nicht, warum sich Tim von ihr getrennt hat, das weiß ich nicht.« Sie hob die Schultern. »Vielleicht hat der alte Andresen ihm die Pistole auf die Brust gesetzt.«

»Dich frag ich überhaupt nichts mehr«, knurrte Ritter und ging rüber zu Nicolai, dem der Kellner gerade den Grappa brachte.

»*Prego, Signore.*«

»Danke«, sagte Nicolai, doch bevor er das Glas nehmen konnte, hatte es Ritter schon in der Hand.

»Danke!« Er hob das Glas. »Auf Sie und Ihre Geliebte! Oder sollte ich lieber sagen: auf Charles und Camilla?« Er trank den Grappa mit einem Zug aus und stellte das Glas wieder ab.

Dann beugte er sich vor und stützte beide Hände auf den Tisch.

»Ich weiß zwar nicht, wo Sie Katja Manteuffel ermordet haben, und auch noch nicht genau, warum. Aber das«, setzte er mit Gewissheit hinzu, »ist nur eine Gleichung mit zwei Unbekannten.« Er sah Nicolai drohend an. »Sie sind Informatiker. Sie wissen, dass das keine große Sache ist.«

Nicolai saß reglos da. Kalt fixierte er Ritter, unbewegt.

Ich krieg dich, Arschloch, dachte Ritter, bislang hab ich Typen wie dich immer gekriegt.

Er richtete sich langsam auf und ging zur Tür.

»Noch einen Doppelten für den Herrn!«, rief er dem Kellner zu, bevor er das Restaurant verließ.

Nicolai atmete langsam aus. Dann griff er zu seinem Rotwein und nahm betont gelassen einen Schluck.

ZWÖLF

Es war schon später Abend, als Manteuffel das Gebäude der CORNEA-AG in Adlershof betrat. Der Pförtner sah auf.

»Guten Abend, Herr Professor.«

»'n Abend«, nuschelte Manteuffel und ging zügig weiter.

»Aktennotiz vom 8. März, Doppelpunkt.« Andresen lief in seinem Büro auf und ab und besprach mit lauter, akzentuierter Stimme sein Diktiergerät. »Nach Auskunft des zuständigen Mitarbeiters stellt sich noch immer das leidige Problem mit dem Impulswandler der dritten Generation. Punkt, neuer Absatz: Das muss«, er betonte, »*kurzfristig* behoben werden, damit ...«

Manteuffel trat ein, und Andresen stockte.

»Lutz!«

Er schaltete das Diktiergerät ab und legte es auf den Schreibtisch. »Was treibt dich denn hierher?«

»Unsere Freundschaft.« Manteuffel fasste Andresens Rechte mit beiden Händen und schüttelte sie fest. »Vor ein paar Tagen hast du mich um einen Freundschaftsdienst gebeten, und jetzt ...«, er sah ihn eindringlich an, »... bitte ich dich um einen.«

»Was du willst«, versprach Andresen. Das war für ihn selbstverständlich, keine Frage, wozu hatte man denn Freunde?

Beide Männer blickten sich fest in die Augen. Nichts, dessen waren sie sich sicher, nichts würde ihre Freundschaft erschüttern können. Wie auch? Sie war unverbrüchlich, sie hatten gemeinsame Ideale und einen weiten Weg zurückgelegt, um sie zu erreichen.

»Schmeiß Nicolai raus!« Manteuffel lächelte aufmunternd. »Mhm?«

Andresens Gesicht erschlaffte.

»Lutz«, versicherte er verständnisvoll, »ich war genauso erschüttert wie du, als ich das gehört habe, von ihm und deiner Frau. – Ich meine, vergiss nicht«, betonte er kraftvoll, »Mareike ist meine Tochter!« Er ballte die Fäuste, knurrte: »Ich könnte Nicolai den Hals umdrehen«, und sah Manteuffel dann fragend an: »Aber … Phydra?«

Was sollte daraus werden? Dem großen gemeinsamen Ziel, Blinde sehend zu machen, dem hehren Ideal, dem sie sich verschrieben hatten? Was sollte aus ihrer Lebensaufgabe werden, wenn … ja, wenn er Nicolai entließ?

»Du warst doch dabei! Du hast das doch selber gesehen! Mensch, wir schreiben Geschichte!«, rief er leidenschaftlich und hob verständnislos die Arme. »Soll ich denn alles hinwerfen?« Er wandte sich kopfschüttelnd ab. »Nur weil mein Projektleiter ein charakterliches Problem hat?«

»Ja.« Manteuffel nickte grimmig.

»Sei doch vernünftig!« Andresen fuhr herum. »Morgen veröffentlichen wir die Vierteljahresbilanz!«

»Und meine Frau?« Manteuffel kämpfte mit den Tränen. »Ich spreche von meiner Frau! – Und du sprichst von Bilanzen?«

»Nein«, präzisierte Andresen kalt, »ich spreche von Arbeitsplätzen!«

»Und ich«, Manteuffel schluckte, »von Freundschaft.« Doch er spürte, dass die wohl schon immer eine Lüge gewesen war, reiner Selbstzweck und auch ein Selbstbetrug.

Plötzlich ging die Tür auf, und Mareike kam herein. Sie lächelte Manteuffel an und wandte sich an Andresen.

»Papa, ich gehe dann. Bis morgen!«

Andresen nickte stumm.

»Wir sind fertig miteinander«, murmelte Manteuffel enttäuscht und ging zur Tür. »Guten Abend, Mareike!«

Er verließ den Raum, und erst jetzt wurde Mareike klar, dass zwischen den Männern etwas nicht stimmte. Fragend sah sie ihren Vater an, doch der zuckte nur kopfschüttelnd mit den Schultern und ging zu einem Wandschrank, hinter dessen Schiebetür ein kleines Barfach verborgen war.

»War er wegen Tim hier?« Mareike stellte ihre Tasche ab.

»Er ist durcheinander, der alte Mann.« Andresen nahm eine Cognacflasche, öffnete sie und goss zwei Gläser voll. »Aber ich lege nicht jedes Wort auf die Goldwaage, das er sagt.«

Mareike kam langsam näher. Auch sie sah nicht besonders glücklich aus.

»Wir wollen, dass Blinde sehen können«, sagte sie nachdenklich und nahm ihr Glas entgegen. »Ich war auch blind. Aber dafür«, setzte sie verbittert hinzu, »gibt es keinen Chip.«

»Zicke, zacke ...« Andresen stieß mit ihr an.

»... Hühnerkacke«, sagte sie und hob traurig ihr Glas.

Beide tranken.

»Du und Tim«, erkundigte sich Andresen, »ihr habt euch doch ausgesprochen?«

Mareike schüttelte den Kopf und seufzte.

»Solange ich mich erinnern kann«, sagte sie, »trete und trete und trete ich in diesem Hamsterrad.« Sie senkte den Kopf. »Ich bin so müde.«

»Hör mal!« Andresen stellte sein Glas wieder ab und beugte sich zu ihr. »Du wirst doch jetzt nicht schlappmachen. Morgen kommt die Presse.« Er nickte aufmunternd. »Da ist unser großer Tag!«

»Bist du nie müde?« Mareike lächelte ihren Vater mit Tränen in den Augen an.

Der nahm sie tröstend in die Arme und drückte sie fest an sich.

***

Felix Stark war noch einmal in die Amselstraße am Grunewald gefahren, traf aber dort Professor Manteuffel nicht an. Stark setzte sich in seinen Wagen und dachte an Kerstin Vonk, die junge Frau, die so gerne wieder sehen wollte und alle Hoffungen in den Netzhautchip gelegt hatte. Nun war das Ding getestet worden, erfolgreich, wie es schien.

Eine Weltsensation, und alle hatten sich zu dem Erfolg beglückwünscht und gejubelt. Nur Kerstin Vonk nicht. »Die Augen tun mir weh«, hatte sie gesagt. Das war alles. Keine unbändige, ausgelassene Freude darüber, dass sich etwas bewegte, dass sie Dinge erkennen konnte, wo vorher nur Dunkelheit gewesen war. Sicher mochte der Chip schmerzen, aber war es das allein?

Dann der Streit zwischen Andresen und Nicolai – worum war es da gegangen? Nur um die betrogene Tochter? Oder steckte mehr dahinter? War es um Katja Manteuffel gegangen? Um Kerstin Vonk? Kein Lächeln war auf ihrem Gesicht, sondern nur … Traurigkeit?

Aber aus welchem Grund? Trauer um die verstorbene Chefärztin, die den Triumph nicht mehr erleben konnte?

Stark rutschte etwas tiefer in seinen Sitz, als ein Wagen die Straße herunterkam. Manteuffels Jaguar. Er stoppte, die Garagentore öffneten sich automatisch – der Professor fuhr hinein – und schlossen sich wieder mit leisem Sirren.

Stark wartete einen Moment, dann, als in der Villa die Lichter angingen, stieg er aus dem Auto. Er klingelte mehrmals, doch niemand öffnete. Kein Wunder, es war mitten in der Nacht, und wahrscheinlich wollte der Professor nicht mehr gestört werden. Dennoch kletterte Stark vorsichtig über die niedrige Gartenpforte und lief leise ums Haus herum.

Die großen Terrassenfenster zum Garten hin waren alle hell erleuchtet. Das Wohnzimmer nahm fast die Hälfte des Hauses ein, und es war niemand zu sehen. Stark ließ seinen Blick weiterwandern. Nebenan, im Arbeitszimmer, stand Manteuffel am Schreibtisch und sah sich versonnen alte Fotos an.

Stark trat näher ans Fenster heran. Wenn der Professor jetzt aufsah, musste er ihn bemerken. Doch Manteuffel war offenbar vertieft in alte Erinnerungen und Bilder aus glücklicheren Tagen. Seine Augen schimmerten feucht, und er hatte ein Foto in der Hand, das – Stark reckte den Hals – ihn und Katja Manteuffel zeigte, beide glücklich, mit einem weißen Blumenstrauß in der Hand.

Wie Fotos lügen können, dachte Stark.

Oder nicht? War Manteuffel wirklich immer nur der dumme Türöffner für seine so viel jüngere Frau, ein zerstreuter Professor, dem man Hörner aufsetzen konnte?

Ihr Lachen, ihre Freundlichkeit, die Liebe – war das immer alles nur gespielt gewesen?

Jetzt erst bemerkte Manteuffel den Kommissar vor seinem Fenster. Ohne ein Wort zu verlieren, öffnete er ihm die Terrassentür und bat ihn mit einer beiläufigen Geste herein.

»Ich habe noch Licht gesehen«, erklärte Stark seinen späten Besuch und schloss die Tür.

Der Professor ging schweigend zurück zu seinem Schreibtisch und sammelte die Bilder ein.

Stark trat hinzu. Ihm fiel ein Foto auf, das Manteuffel gemeinsam mit Andresen zeigte. Andresen hatte eine Frau mit schulterlangen, sorgsam frisierten Haaren im Arm.

»Ist das die Frau von Andresen?«

»Ja.« Manteuffel nickte. »Ich habe sie am grünen Star operiert, und so haben Andresen und ich uns kennengelernt.« Gedankenverloren sah er auf das Foto. »Sie starb vor sechs Jahren bei einem Autounfall mit ihrem Sohn, dem Bruder von Mareike.«

»Ich weiß.« Stark nickte. »Steht in den Akten.«

Manteuffel lächelte ungläubig. »Steht in den Akten auch, dass sein Sohn sein Ein und Alles war? Physiker wie er.« Er nahm ein Fotoalbum. »Das mit seiner Frau war schlimm für ihn. Aber sein Sohn?« Manteuffel schüttelte den Kopf. »Darüber wird er nie hinwegkommen.«

Warum erzählt er mir das?, fragte sich Stark und folgte dem Professor ins weitläufige Wohnzimmer.

»Seine Tochter Mareike weiß das«, sagte Manteuffel. »Sie kann ihm überhaupt nichts recht machen.«

Stark sah sich um. Das Wohnzimmer war mit exklusiven und teuren Stilmöbeln eingerichtet, Hepplewhite,

Chippendale, und wirkte etwas überladen und altbacken. Die moderne Kunst an den Wänden, vermutlich alles Originale, wollte nicht so recht in diesen Raum mit seinen arabesk verzierten Seidentapeten, den tiefen Perserteppichen und schweren Fauteuils passen. Am Fenster stand ein großer schwarz lackierter Flügel. Ob Katja Manteuffel darauf gespielt hatte? Der Professor konnte ja nicht mehr wegen seines Tremors.

»Ja, ja, Andresen kann sehr hart sein.« Manteuffel hatte Bitterkeit in der Stimme. »Viele zittern vor ihm. Ich dachte immer, er tut nur so, weil er viel Verantwortung hat.« Er legte das Album auf einen Couchtisch und steckte die Hände in die Hosentaschen. »Aber ich habe mich leider geirrt.«

»Ich habe noch mal mit ein paar Leuten im Krankenhaus gesprochen«, sagte Stark.

»Ah ja?« Manteuffel sah auf.

»Man bestätigt Ihre Angaben.« Stark lehnte sich an den Flügel und strich über das glatte, blank polierte Holz. »Alle Zeugen sagen, Sie seien fest davon ausgegangen, dass Ihre Frau operiert.«

»Dann wäre das ja geklärt.« Der Professor nickte zufrieden.

»Das beweist nichts, Herr Manteuffel.« Stark richtete sich wieder auf. »Und für ein anderes Verhalten sind Sie viel zu intelligent.«

»Danke für die Blumen«, seufzte Manteuffel, »aber Sie verdächtigen mich ja immer noch.«

»Ihre Frau hat Sie ausgenutzt«, hielt Stark fest, »hat Sie gedemütigt.«

Er sah den Professor ernst an und straffte sich. »Mir sind schon schlechtere Mordmotive untergekommen.«

DREIZEHN

Als Ritter am nächsten Morgen mit einem Becher Kaffee und einer Zeitung über die Flure zu seinem Büro stiefelte, lief ihm als Erster Wiegand über den Weg.

»Guten Morgen, Chef!«

Wiegand sah allerdings so aus, als hätte er alles andere als einen guten Morgen gehabt.

»Na, das glaube ich nicht«, fuhr er Ritter an, und es klang wie: Sie wagen es, mir noch unter die Augen zu treten?

Ritter verstand nicht. Was er hatte er jetzt wieder verbrochen?

»Ich hatte eben einen Anruf«, wurde Wiegand deutlicher, und seine Miene verdüsterte sich noch mehr, »von einem Dr. Nicolai. Er sagt, Sie hätten ihm gedroht. Sie sollen sogar handgreiflich geworden sein. Stimmt das?«

»Moment mal«, stellte Ritter klar, »ich habe auf seine Kosten einen Grappa getrunken. Ist das jetzt ein Dienstvergehen?« Er ahnte, dass ihm ein längerer Vortrag über die Rechte und Pflichten eines Kriminalbeamten, die Verwerflichkeit der Vorteilsnahme und Bestechlichkeit im Amt sowie der Trunkenheit im Dienst bevorstand. Doch die Volkspolizei rettete ihn davor:

»Kommt mal schnell her«, Weber winkte hektisch, »die CORNEA-AG ist im Fernsehen.«

Eilig betraten Wiegand und Ritter das Büro. Im Fernsehen lief das Morgenmagazin mit einem Beitrag von der Börse. Stark sah gebannt zu.

»... der bahnbrechende Retinachip, entwickelt von

der Berliner CORNEA-AG in Kooperation mit der Uniklinik, lässt den Kurswert des Unternehmens explodieren«, berichtete ARD-Börsenexperte Michael Best aus Frankfurt. »Kaum erreichten vor einer Stunde erste Gerüchte über den gelungenen Test des Implantats das Börsenparkett, legte die im Tec DAX notierte CORNEA-Aktie um glatt fünfunddreißig Prozent zu. Inzwischen setzen Banken das Kursziel von CORNEA rauf, halten kurzfristig eine Verdoppelung des Börsenwertes für möglich.«

»Ja!« Wiegands schlechte Laune war im Nu verflogen. »Und ich bin dabei!«

»Die Aktie«, so der Börsenexperte im Fernsehen weiter, »stellt sich damit klar gegen den allgemeinen Trend …«

»Mensch, Ritter«, freute sich Wiegand, »eins muss man Ihnen lassen: Da haben Sie ein erstklassiges Näschen bewiesen. Ich ärgere mich nur, dass ich nur fünftausend und nicht zehn investiert habe.« Er nickte zufrieden. »Wenn Sie mal wieder so einen Tipp haben: Sie können mich anrufen!« Er knuffte Ritter jovial gegen den Oberarm und zwinkerte ihm mit Zockermiene zu. »Tag und Nacht.« Damit verließ er das Büro.

Ritter sah ihm verblüfft nach. War das zu fassen? Jetzt hatte der Chef den Reibach allein gemacht! Das sind die Tage des Abschieds, dachte er wehmütig: erst Judith Wenger, jetzt die Harley. Wenn das so weiterläuft, gute Nacht!

Stark wandte sich an Weber: »Hast du schon die Finanzunterlagen durch, die ich dir gegeben habe?«

»Nee, noch nicht alle.« Das war ein Ding der Unmöglichkeit. »Aber nach meinen Erkenntnissen ist da nüscht jetürkt.« Weber schüttelte bekräftigend den Kopf.

»Det is ja Wahnsinn, was det alles kostet!«, regte er sich auf. »Die haben ja sechsundzwanzig Versionen von ihrem Superchip da herjestellt.«

»Toll«, machte Stark und setzte sich an seinen Schreibtisch.

»Det Stück«, der alte Volkspolizist war fassungslos ob solcher Summen, »kostet fünfundzwanzigtausend Euro!«

Stark gähnte: »Irre«, und streckte sich auf seinem Stuhl.

»Und für zwohundertvierzigtausend«, Weber ging zu Ritter, doch der wollte von Geld auch nichts mehr wissen, »haben die ja sechs Hochleistungsrechner jekooft ...«

»Stopp!« Stark merkte auf.

Weber fuhr verdutzt herum.

»Sagtest du sechs?«

»Ja, sechs«, nickte Weber unschuldig, »so steht's in 'n Akten.«

»Andresen sagte, drei.« Stark beugte sich interessiert vor.

»Na, soll ick's dir zeigen?«

»Her damit!«

»Bitte, meinetwegen ...« Weber ging kopfschüttelnd davon. Gloobten die etwa, er könne nich lesen, oder wat? Ham die 'ne Ahnung: Pisa hätten wa locker jewonnen! – Jedenfalls, wenn's det damals schon jegeben hätte ...

***

Im Vortragssaal der CORNEA-AG hatten die Testreihen begonnen. Kerstin Vonk saß auf ihrem Stuhl, die Augen starr auf den Monitor gerichtet. Dr. Nicolai tippte geschäftig auf seinem Computer herum, fuhr langsam die Spannung hoch.

»Wir versuchen jetzt mal, die Elektroden zu aktivieren, die wir als stille Reserve haben.« Er trat zu Kerstin Vonk und überprüfte die Elektroden an ihrem Kopf. »Aber ganz vorsichtig«, setzte er mit beruhigender Stimme hinzu. »Wenn wir dem Auge zu viel Energie zumuten, dann könnte es warm werden, und wir schädigen die Netzhaut.«

»Guten Tag, Herr Nicolai.«

Er sah auf. Die Kommissare waren eingetreten und kamen langsam auf ihn zu.

»Was ist denn jetzt schon wieder?« Genervt richtete er sich auf. »Sie sehen doch, Sie stören!«

»Wir machen es kurz«, knurrte Ritter und machte eine knappe, aber sehr bestimmte Handbewegung. »Kommen Sie mal bitte mit raus!«

»Ich bin gleich wieder da«, sagte Nicolai betont ruhig zu Kerstin Vonk und ging zur Tür.

Stark wollte ihm nach, doch Ritter hielt ihn auf.

»Lass mich mal!« Der Fatzke war sein Part. Mit dem hatte er noch was offen.

»Bau keinen Scheiß«, mahnte Stark.

»Ich doch nicht«, grinste Ritter und verließ ebenfalls den Saal.

Stark schlenderte zu Kerstin Vonk hinüber, die unbeweglich in ihrem Stuhl saß.

»Na?«, erkundigte er sich freundlich. »Haben Sie die erste Aufregung überstanden?« Langsam ging er um die junge Frau herum und betrachtete sie nachdenklich.

»Ich habe Sie im Fernsehen gesehen«, sagte er aufmunternd, »jetzt sind Sie ja richtig berühmt!«

Kerstin Vonk antwortete nicht.

Ob sie ihn und Ritter inzwischen hasste, weil sie dauernd in die Tests funkten? Oder was bedrückte sie? Sie sah so traurig aus, jedenfalls nicht wie jemand, der hoffte. Und sie müsste doch allergrößte Hoffungen haben, immerhin ging es mit dem Chip voran. Oder etwa nicht?

Er stieß aus Versehen gegen die Lampe vor ihrem Stuhl – »Entschuldigung!« –, die ihr jetzt direkt ins Gesicht leuchtete. Keine Reaktion. Kerstin Vonks Lider blinzelten nicht, die Augen blieben starr ins Leere gerichtet. Aber wenn sie die Quadrate auf dem Monitor sehen konnte, musste sie doch auch das Licht der Lampe sehen? Oder?

»Dieser Chip ist ja richtig beeindruckend.«

Langsam schwenkte er die Lampe vor ihrem Kopf auf und ab. Noch immer keine Reaktion.

»Ich mach mal die Lampe an«, sagte Stark und schaltete das Licht aus. »Sehen Sie es?«

Jetzt kam Bewegung in die junge Frau. Sie bewegte den Kopf ein wenig in seine Richtung.

»Ja«, nickte sie und lächelte schwach, »ganz genau. Direkt vor mir.«

Sie lügt, dachte Stark enttäuscht und ließ die Lampe sinken. Die Frage ist: Warum?

»Eins vorweg«, Ritter lief neben Nicolai den Gang an den Reinst-Räumen entlang, »Sie sollten sich schriftlich über mich beschweren.« Er grinste spöttisch. »Nicht dass das wieder unter den Tisch fällt.«

»Ist das alles?« Nicolai bedachte ihn mit einem feindseligen Blick.

»Wo denken Sie hin?« Ritter verlangsamte seinen

Schritt. »Sie haben doch da neue Hochleistungsrechner angeschafft.« Er blieb vor der Schleusentür stehen. »Könnte ich die mal sehen?«

Nicolai nickte kühl und führte Ritter zu drei hohen Computerschränken, die am Durchgang zu den Laborhallen standen und vor sich hin surrten.

»Sind das alle?«, fragte Ritter. »Drei Stück?«

Nicolai nickte erneut, und Ritter ging langsam vor den Rechnern auf und ab.

»Da frage ich mich«, er stoppte und drehte sich langsam zu Nicolai um, »wieso tauchen in Ihren Unterlagen sechs von den Dingern auf?«

»Weil die anderen schadhaft sind«, konterte Nicolai, »sie sind in Regress.« Er musterte Ritter mit einem arroganten Blick und fügte belehrend hinzu: »Sehen Sie, Herr Ritter, manchmal ist das Komplizierte ganz einfach.«

Arschgeige, dachte Ritter mit versteinerter Miene.

Nicolai lächelte ihn nachsichtig an: »Kann ich jetzt weitermachen?«, und ging zurück in den Vortragssaal.

Ritter antwortete nicht und verließ den Raum.

Stark warf noch einen ratlosen Blick auf Kerstin Vonk.

»Tolle Sache mit dem Chip«, sagte er leise, bevor er dem Cowboy ins Freie folgte.

***

Nachdenklich gingen die Kommissare nebeneinander die Newtonstraße entlang. Die Sache war oberfaul. Ob mit oder ohne Chip, Kerstin Vonk war weiterhin blind. Auch wenn es bislang niemand wusste: Die Weltsensation war ein Flop.

»Vielleicht war der Chip nicht aktiviert«, gab Ritter zu bedenken, »der Nicolai war mit mir draußen.«

»Ja, aber sie hat so getan, als ob sie das Licht sieht.« Stark verstand es nicht. »Warum hat sie dann gelogen?«

»Weil die alle lügen«, überlegte Ritter. Wer hatte denn bislang die Wahrheit gesagt, Judith Wenger etwa? Die log doch schon, wenn sie nur den Mund aufmachte. Der aufgeblasene Nicolai faselte auch nur rosa Wolken, und Andresen und seine Tochter hielten sich schön bedeckt. Ja, genau! Er starrte Stark an.

»Das ist alles eine Täuschung!«

Unterdessen brachte Dr. Tim Nicolai seine Patientin zum Ausgang der CORNEA-AG.

»Sind Sie sicher, dass Sie keinen Wagen wollen?

»Nicht nötig«, antwortete Kerstin Vonk, »ich fahre gern mit dem Bus.« Sie trug jetzt eine modische Sonnenbrille, einen langen Wollmantel und hatte eine Pudelmütze auf dem Kopf.

»Na dann«, Nicolai öffnete ihr zuvorkommend die Tür, »bis morgen.«

»Wiedersehen«, sagte Kerstin Vonk und strebte ins Freie.

»Wiedersehen.« Nicolai lächelte ihr versonnen nach.

Die Kommissare warteten im Auto.

»Da vorn!« Ritter deutete auf Kerstin Vonk. Sie ging, vorsichtig mit dem Blindenstock etwaige Hindernisse abtastend, zur Bushaltestelle und setzte sich dort auf die Bank.

Stark startete den Wagen, fuhr langsam an und hielt direkt vor der Haltestelle. Beide Kommissare stiegen aus, gingen langsam auf die junge Frau zu.

»Hallo, Frau Vonk.« Stark setzte sich neben sie.

»Herr Stark?«

»Ja«, antwortete Ritter und setzte sich auf die andere Seite. »Und ich bin der andere.«

»Ah ja«, Kerstin Vonk nickte verstehend, »der mit den Cowboystiefeln.«

»Ja, genau.« Fragend sah Ritter zu Stark. Hatte sein Kollege ihr von ihm erzählt? Oder konnte sie Cowboystiefel am Klang erkennen? Irritiert scharrte er mit den Füßen. Wenn die Stiefel im Regen feucht wurden, quietschte das Leder manchmal. Aber jetzt? Hörten sie sich überhaupt nach irgendwas an?

»Frau Vonk«, Stark betrachtete seine Hände, »ich habe Ihnen gesagt, dass ich Sie mit der Lampe angeleuchtet habe.«

»Ja …?«, sagte sie abwartend.

Stark sah sie an. »Die Lampe war aus.«

Kerstin Vonk saß stocksteif da und schwieg bedrückt.

»Sie sind genauso blind wie vor der Operation«, stellte Stark fest, »nicht wahr?«

»Ich weiß …«, druckste sie herum, »… ich weiß, es ist falsch, aber …« Sie atmete tief durch. »Ich habe solche Angst, dass sie eine andere Testperson nehmen, wenn sie es herausfinden.«

»Mhm«, machte Stark. Es ist ihre einzige Chance, überlegte er, daran klammert sie sich fest. Aber wenn der Chip doch gar nicht funktioniert? Wenn alles umsonst war? Die Hoffung stirbt zuletzt, dachte er beklommen, wir halten selbst dann noch daran fest, wenn wir wissen, dass es sinnlos ist.

»Und woher wussten Sie«, erkundigte sich Ritter, »dass gestern auf dem Monitor erst ein Quadrat und dann ein Dreieck zu sehen war?«

»Herr Nicolai hatte es vorher erwähnt«, antwortete sie tonlos, »ganz beiläufig.«

So ein Schwein, dachte Stark hilflos. Subventionsbetrug ist eine Sache. Aber in verzweifelten Menschen eine Hoffnung wecken, die man nie wird erfüllen können, nur um sich die Taschen vollzustopfen – das ist die ganz miese Tour.

Tja, Ritter erhob sich verbittert, diese Welt läuft falsch. Ganz konkret und immer auf Kosten der Schwächsten.

»Kommen Sie!« Stark nahm die junge Frau behutsam am Arm. »Wir bringen Sie nach Hause.«

Sie fuhren über die Stadtautobahn Richtung Südwesten bis zum Dreieck Schöneberg und bogen dort auf den Zubringer nach Steglitz ab. Über die Schlossstraße ging es am Kreiselhochhaus und dem Schlosspark-Theater vorbei. Hier hatte der große und völlig zu Recht von den Berlinern abgöttisch geliebte Harald Juhnke mit dem genial gespielten »Eingebildeten Kranken« seinen letzten furiosen Erfolg gefeiert, bevor er endgültig abstürzte. Vor den Eichen fuhren sie rechts in die Braillestraße ab; wieder rechts, Rothenburgstraße, im großbürgerlichen Viertel hinter dem Botanischen Garten, lag das Blindenhilfswerk. Die weißhaarige alte Dame, die Stark schon bei seinem ersten Besuch bemerkt hatte, taperte hinter ihrem Blindenstock her die Einfahrt zur Straße hinunter.

Stark stoppte den Wagen vor dem Gebäude. Ritter stieg aus und half Kerstin Vonk aus dem Wagen. Auch Stark kam heran und reichte ihr den Arm.

»Hier lang!«

Doch obwohl sich die Kommissare rührend um die

junge Frau bemühten, lehnte sie jede Hilfe ab. Stattdessen blieb sie stehen und fingerte nervös an ihrem Blindenstock herum, den sie wie eine Antenne teleskopartig aus- und wieder einfahren konnte. Erst jetzt bemerkten die Kommissare, dass Kerstin Vonk weinte. Betroffen sahen sie sie an.

»Ich war elf, als ich erfuhr, dass ich blind sein werde«, schluchzte sie leise. »Es ging ganz langsam. Drei Jahre. Irgendwann konnte ich nur noch Farben sehen.« Sie schluckte schwer. »Dann gar nichts mehr.«

Stark schloss die Augen. Was für ein Alptraum, dachte er, allmählich zu erblinden. Du weißt genau, es kommt der Tag, an dem nur noch Dunkelheit um dich ist. Du fängst an, dir alles einzuprägen, weil es die letzten Bilder sein werden, die du vom Leben hast. Den letzten Sommer, den letzten Schnee, die letzten Farben …

»Rot«, flüsterte die junge Frau, und eine Träne kullerte ihr über die schmale Wange, »und Grün. Und Gelb … – Daran erinnere ich mich.«

Verstohlen nestelte Stark ein zerknülltes Taschentuch aus seinem Trenchcoat und hielt es ihr hin. Doch Kerstin Vonk sah es nicht, er hätte es ihr in die Hand drücken müssen. Aber er konnte nicht. So stand er nur da, hielt ihr hilflos das Taschentuch entgegen, und sie bemerkte es nicht.

Schließlich nahm Ritter es ihm ab, drehte sich unauffällig weg und tupfte sich verstohlen die feuchten Augen trocken.

»Ich will das wiederhaben, verstehen Sie?« Sie klang jetzt klar, fast kämpferisch und voller Trotz. »Bitte, Sie verraten mich doch nicht?«

Stark schüttelte unmerklich den Kopf.

»Wenn Dr. Nicolai das wüsste«, Kerstin Vonk wischte sich mit dem Ärmel die Träne aus dem Gesicht, »würde er mich sofort aus dem Programm nehmen!«

Wohl kaum, dachte Stark verbittert. Wenn du wüsstest, wie willkommen du ihm bist. Eine Testperson, die aus reiner Verzweiflung alles mitspielt …

Ritter schneuzte sich und sah, um Fassung ringend, in den verhangenen Himmel.

»Wir werden sehen, was wir tun können«, sagte Stark schließlich.

»Danke.« Kerstin Vonk versuchte ein Lächeln. Stark wollte ihren Arm nehmen, um sie ins Haus zu bringen, doch sie schüttelte den Kopf. »Nein danke.« Sie klappte ihren Blindenstock aus und ging zügig und mit schnellen tastenden Schritten davon.

»Passen Sie auf sich auf!«, rief Ritter ihr mit erstickter Stimme nach.

Stark sah ihn an. So gefühlig hatte er seinen sonst so coolen Kollegen noch nie erlebt.

»Alles in Ordnung?«

»Nee.« Ritter schnaubte noch mal kräftig ins Taschentuch. Dann wollte er es Stark zurückgeben, doch der ignorierte es. Sollte der Cowboy die olle Rotzfahne doch selbst entsorgen.

Ritter seufzte und steckte das Taschentuch ein. Dann sah er Stark fragend an: »Heißt das, das ganze Programm ist eine Fälschung?«

»Keine Ahnung.« Stark zuckte mit den Schultern. »Haben sich doch eine Menge Leute mit beschäftigt. Das Ministerium hat Gutachten eingeholt …« Er schüttelte den Kopf und ging zum Wagen zurück. »Ich weiß nicht, ob man so was fälschen kann.«

VIERZEHN

»Schon Ptolemäus hat astronomische Erkenntnisse frei erfunden.«

Die Kommissare saßen sich im Büro an ihren Schreibtischen gegenüber. Ritter hatte sich durchs Web gegoogelt und war auf einer Seite gelandet, die sich mit historisch verbürgten Schummeleien berühmter Wissenschaftler beschäftigte.

»Newton und Galileo hielten es genauso«, las er weiter vor, »und Darwin hat bei seiner Evolutionstheorie kräftig von einem Kollegen abgeschrieben.« Er sah auf. »Meine Rede: Spicken lohnt sich.«

»Ich habe hier was Aktuelles.« Stark nahm eine Pressemeldung zur Hand. »Zwei Krebsforscher haben Dutzende von Studien und Publikationen gefälscht – und das flog erst nach ein paar Jahren auf.«

»Da gab's doch auch«, Ritter überlegte, »diesen Koreaner mit den Stammzellen ...«

Stark lehnte sich zurück. »Die haben doch bei der CORNEA-AG jahrelang Tierversuche gemacht. Meinst du, Tiere lügen etwa?«

»Ein blindes Kaninchen, dem man einen Chip implantiert hat«, Ritter sah wieder auf seinen Computermonitor, »kann durch ein Labyrinth zum Ausgang finden. Man kann ihm aber auch einfach eine Karotte hinhalten.«

»Ach, Sie arbeiten?« Wiegand war auf seinem Kontrollgang durch die Abteilung. »Finde ich gut!« Er warf eine Aktenkladde auf Ritters Schreibtisch und stutzte. Ritter hatte im Zusammenhang mit der CORNEA-AG ein Wort auf ein Blatt Papier geschrieben, das ihm überhaupt nicht gefiel.

»Betrug?« Besorgt sah Wiegand die Kommissare an. »Ist mit Phydra was nicht in Ordnung?«

Angst um deine Aktien, Chef? Ritter griente schadenfroh.

Stark verschränkte die Arme über der Brust und senkte den Kopf.

»Wir müssen dringend mit jemandem reden«, erklärte er mit ernster Miene, »der wirklich Ahnung hat.«

***

Der Sound einer Harley-Davidson lässt sich mit nichts vergleichen. Dieses satte Blubbern im Standgas, das fette Schmatzen im Auspuff. In Manteuffels Ohren war es wie Musik.

Er liebte es, mit der schweren Maschine seine Runden zu drehen. Erst fuhr er durch den Grunewald, Kronprinzessinnenweg, Havelchaussee, immer am Wasser entlang Richtung Norden. Die Havel ist hier breit wie der Mississippi und bildet mit dem Großen Wannsee, dem Jungfernsee und der Krampnitz das größte Segelrevier Berlins.

Am Grunewaldturm stoppte Manteuffel und genoss bei einer kühlen Weisse die Aussicht auf die herrliche Seenlandschaft, bevor er weiter Richtung Spandau fuhr. Das war ein nettes Cruisen die Heer- und die Jafféstraße hinunter und am Messegelände mit dem Funkturm vorbei. Vor der alten Rennsport-Tribüne dann links bis zum ICC, das wie ein gestrandetes Kreuzfahrtschiff vor der Innenstadt lag, und schließlich rechts die AVUS runter.

Die »Automobilverkehrs- und Übungsstraße« ist 1921

eingeweiht geworden, als erste reine Autobahn der Welt, acht Komma zwo Kilometer schnurgerade Strecke – hier konnte die Flathead-Maschine ihre ganze Kraft entfalten, die tausenddreihundertvierzig Kubikzentimeter röhrten los wie ein startender Jumbojet bei Gegenwind. – Freiheit war das, grenzenlose Weite, in der man alles hinter sich lassen konnte.

Traditioneller Treffpunkt der Bikerszene ist das »Restaurant Spinnerbrücke« mit Biergarten an der Raststätte Grunewald. An schönen Tagen kommen hier bis zu zehntausend Karren zusammen, die schönsten Maschinen, fachmännisch getunt, liebevoll restauriert, geputzt und gepflegt. Hier ließ Manteuffel gern den Tag ausklingen, fachsimpelte mit anderen grau gewordenen Bikern: Anwälten, Unternehmern, Ärzten und Architekten, aber auch ganz normalen Angestellten und Arbeitern. Sie alle hatten dieses zweite Leben, diese große Liebe, in die sie jeden gesparten Cent steckten: ihre wunderbar unvernünftigen und herrlichen Maschinen, die manchmal launisch waren wie ein schönes Weib, einen aber nie im Stich ließen.

Katja hatte diese Liebe nie verstanden, »Männerträume«, hatte sie gespottet, dabei gab es an der Spinnerbrücke durchaus auch Frauen. Und die waren bestimmt nicht von schlechten Eltern.

Anschließend fuhr der Professor wieder zurück, noch einmal Gas geben auf der AVUS und die Triebwerke aufheulen lassen. Am Hüttenweg runter und in die Pücklerstraße, da war er dann schon fast zu Hause.

Als er in die Amselstraße einbog, verfinsterte sich seine Miene. Vor seinem Haus warteten die beiden Kommissare.

»Wollen Sie mich fragen, warum ich schon wieder

Motorrad fahre?« Manteuffel schaltete den Motor ab. »Noch vor der Beerdigung meiner Frau?«

»Nein«, gab sich Stark versöhnlich, »wir möchten uns entschuldigen, dass wir ein bisschen ruppig waren.«

Der Professor sah die Kommissare misstrauisch an.

Ritter betrachtete sehnsüchtig die Harley-Davidson.

»Wir brauchen Ihre Hilfe«, setzte Stark hinzu.

»Moment«, knurrte Manteuffel. Er schob sein Motorrad in die Garage und ließ die ungebetenen Besucher dann ins Haus.

»Wir wissen jetzt definitiv«, Stark betrat mit dem Professor und Ritter das weitläufige Wohnzimmer, »dass Kerstin Vonk immer noch blind ist.«

»Moment mal!« Empört fuhr Manteuffel herum. »Ich habe …«

Stark stoppte ihn mit einer knappen Handbewegung. »Die Frage ist nur«, sagte er beschwichtigend, »ist Nicolai ahnungslos, oder weiß er Bescheid?«

»Aber …« Manteuffel überlegte. »Als der Test beendet war, hat Nicolai zu Mareike Andresen gesagt, dass der Rechner den Sehreflex eindeutig aufgezeichnet hat.«

»Sie ist immer noch blind.« Stark wedelte sich vor den Augen herum. »Sie hat's mir gesagt.«

»Ja, ich …« Manteuffel verstand es nicht. »Ich stand doch daneben!«

Stark hob die Schultern.

Manteuffel wandte sich fassungslos ab und zog sich die schwere Motorradlederjacke aus.

»Ich habe Nicolai ja viel zugetraut«, sagte er grimmig, »aber … aber das nicht.« Er hängte die Jacke über einen Stuhl und sah die Kommissare fragend an. »Kann ich Ihnen irgendwas zu trinken anbieten?«

»Nein danke.« Ritter schüttelte den Kopf und dachte an Judith Wenger. »Sagen Sie«, überlegte er laut, »bevor man Fördergelder erhält, muss man doch Gutachten einholen.«

Der Professor nickte.

»Wie hat er das gemacht?«

»Das Forschungsministerium beauftragt normalerweise zehn externe Gutachter.« Manteuffel kam wieder heran und stützte sich tief durchatmend am Flügel ab. »Aber kaum einer von denen macht sich die Mühe, den Projektantrag akribisch durchzuarbeiten. Das sind ja«, setzte er abwinkend hinzu, »Hunderte von Seiten. – Also«, der Professor wiegte bewundernd das schüttere Haupt, »ich muss schon sagen, Nicolai hat das clever eingefädelt. Sehr clever.« Nachdenklich ging er zum Fenster und sah hinaus in den Garten. »Genauso clever, wie er meine Frau damals zur Chefärztin gemacht hat.« Er wandte sich wieder Ritter zu. »Sie wissen ja wahrscheinlich, dass diese Stelle Mareike Andresen so gut wie sicher war.«

»Aber dann hat sie ihre Bewerbung zurückgezogen«, setzte Stark hinzu, »ganz plötzlich.«

Manteuffel nickte. »Weil die Klinikleitung einen anonymen Hinweis erhalten hatte. Denn in Mareikes Publikationslisten waren Arbeiten aufgeführt, die sie schon vorher veröffentlicht hatte. Keine große Sache, machen viele. Aber damit war sie bloßgestellt.« Er hob achselzuckend die Hände. »Chefärztin ade!«

»Sie meinen also, Nicolai war dieser anonyme Hinweisgeber?«

»Ja. Wer sonst hätte davon wissen können, mhm?« Fragend sah er die Kommissare an.

Die schwiegen nachdenklich.

»Meine …«, Manteuffel senkte den Kopf und seufzte schwer, »… meine Frau war es jedenfalls nicht.« Er kniff die Lippen zusammen und ging ein paar Schritte. »Die war genauso überrascht wie ich. Irgendwann«, er lachte bitter auf, »hat sie ihn sogar darauf angesprochen. Da hat er nur gelächelt und geschwiegen.«

»Ja, aber warum hat er das getan?«, fragte Stark.

»Na, um die Arbeitsgemeinschaft hinzukriegen. Auf der einen Seite die Uniklinik, auf der anderen die CORNEA-AG.«

Stark guckte ratlos.

»Wenn Mareike Andresen Chefärztin geworden wäre, hätte Nicolai die Unterstützung des Ministeriums vergessen können«, wurde der Professor deutlicher. »Und da ging es um acht Millionen Euro. Klar?«

Nicht wirklich, dachte Stark.

»Der Vater Vorstandsvorsitzender der AG, die Tochter Chefärztin, also …«, Manteuffel schüttelte lächelnd den Kopf, »… da hätte das Ministerium allen die rote Karte gezeigt.«

Allmählich fiel bei Stark der Groschen. Damit das nicht nach Vetternwirtschaft aussah, brauchten sie einen scheinbar unabhängigen Mann im Boot. In diesem Fall eine Frau: Katja Manteuffel. Eine alte Freundin Nicolais und praktischerweise die Frau eines renommierten Professors, der über alle Zweifel erhaben war. Und weil Mareike Andresen im Weg stand, hatte Nicolai sie einfach weggemobbt. Mit einem anonymen Hinweis, den nur er hatte geben können. Ja, clever eingefädelt. Wer so einen Verlobten hat, braucht keine Feinde mehr.

»Sie sprachen von zehn Gutachtern«, hakte Ritter nach, obwohl er es eigentlich schon wusste und nur nicht wahrhaben wollte. »Wer sucht die eigentlich aus?«

»Der wissenschaftliche Mitarbeiter im Ministerium«, antwortete Manteuffel knapp. »Ohne den geht gar nichts.«

Ritter schwieg betroffen.

***

Im »Paso Doble« wurde an diesem Abend Wiener Walzer getanzt. Ganz klassisch zu Streicherklängen und in einem bezaubernden zartlila Kleid kreiste Judith Wenger mit einem smarten Herrn in dunklem Anzug übers Parkett.

Der Tanzpartner ist wohl wieder gesund, dachte Ritter eifersüchtig und voller Wehmut. Wie gern wäre er in diesem Augenblick an ihrer Seite beschwingt durch den Raum geschwebt, frei von dunklen Gedanken, frei von dem, was er jetzt zu tun hatte. Es waren diese Momente, in denen er seinen Beruf hasste, in denen er sich nichts lieber wünschte, als wieder am Steuer eines Taxis zu sitzen, um Betrunkene nach Hause zu karren. Stattdessen war er hier, Vertreter der Exekutive, eine Amtsperson, die Recht und Gesetz vertrat.

Mit einem knappen Fingerschnippen gab er dem Mann an der Stereoanlage ein Zeichen, und die Musik brach abrupt ab.

Verwirrt blieben die Paare sehen, Raunen wurde laut, Verwirrung, während sich die Kommissare geschäftsmäßig über die Tanzfläche schoben.

»Frau Wenger, holen Sie bitte Ihren Mantel, Sie sind vorläufig festgenommen.«

Mit großen Augen sah sie ihn an.

Plötzlich war es totenstill im Raum, niemand wagte zu atmen. Nur der Tanzlehrer machte entgeistert: »Auweia«, und hielt sich pikiert die Hand vor den Mund.

Nun mach schon, dachte Ritter und hielt mühsam ihrem entsetzten Blick stand, lass uns das hier beenden!

Ihr Tanzpartner räusperte sich verlegen.

Judith Wenger nickte ihm entschuldigend zu und verließ mit verzagten Schritten, aber kerzengerade den Raum.

Die Kommissare folgten ihr.

***

»Wie viel hat Nicolai dir bezahlt?« Aufgewühlt lief Ritter im Büro auf und ab. »Ich tippe mal, hundertzwanzigtausend Euro. So viel kosten drei von diesen Superrechnern. Die hat er von seinem Etat abgezweigt.«

Judith Wenger saß zusammengesunken auf einem Stuhl am Schreibtisch und starrte beklommen ins Leere. Es war bereits tief in der Nacht, und ihr Blick deutete darauf hin, dass für sie eine Welt zusammengebrochen war.

»Also Sie haben die Gutachter ausgesucht«, stellte Stark fest, »und obwohl es ein Minderheitsvotum gab – drei zu sieben –, wurde Phydra gefördert, weil *Ihre* Stimme für Ihren Referatsleiter entscheidend war.«

Judith Wenger rührte sich nicht. Was sollte sie auch sagen? Die Kommissare wussten ohnehin alles.

»Also, Frau Wenger, entweder Sie machen jetzt reinen Tisch«, Stark, der ihr gegenübersaß, lehnte sich zurück und sah sie eindringlich an, »oder wir nehmen Ihre Finanzen auseinander, aber eins kann ich Ihnen sagen: Ein Richter findet ein Geständnis meist sehr sympathisch.«

»Schon auf der Uni habt ihr euch geschworen, dass ihr zusammenhaltet, wenn ihr mal Karriere macht.« Ritter hockte sich auf die Tischkante und beugte sich zu ihr vor. »Tim Nicolai, Katja Manteuffel und du. – So war es doch, oder?«

»Ja«, sagte Judith Wenger nach einer Weile und senkte den Kopf. »Bis Phydra kam.«

Die neunköpfige Schlange, dachte Stark. Endlich wusste er, woran ihn der Begriff »Phydra« von Anfang an erinnert hatte: an Hydra, das Ungeheuer aus der griechischen Mythologie. Wenn man ihm einen Kopf abschlug, wuchsen zwei neue nach. Nur einer der neun Köpfe, das Zentrum, war sterblich ... Deshalb hatte Nicolai sein Projekt sinnig Phydra genannt. »Phy«, die griechische Silbe für »pflanzlich«, »Blatt«, »Netzstruktur«, verbunden mit Hydra, der Wasserschlange mit den neun Köpfen, wurde zu Phydra: das Netzwerk. Und Tim Nicolai spann die Fäden.

»Ich dachte, das wäre eine große Chance, auch für mich«, sagte Judith Wenger leise. »Bis Tim mich aufforderte, drei bestimmte Gutachter auszuwählen.«

»Die als stille Berater auf der Lohnliste der CORNEA-AG stehen«, präzisierte Stark.

»Da wusste ich, dass was faul ist.« Judith Wenger schüttelte unmerklich den Kopf. »Ich wollte nicht mitmachen. Ich hab's Tim auch gesagt, aber ...« Sie drehte sich zu Ritter um, sah ihn mit ihren schönen großen Augen an. »Früher war ich in der Forschung. Das war richtige Arbeit.« Sie seufzte leise. »Aber mein Projekt wurde nicht verlängert. Ich war ein Jahr arbeitslos.«

Und so hast du dich an deine Studentenzeit erinnert, dachte Ritter, an euren Schwur aus alten WG-Zeiten. Niemand lässt den anderen hängen.

»Dann hat mir Tim eine Stelle im Ministerium verschafft«, setzte sie hinzu, »er hatte immer gute Beziehungen.«

»Mhm«, machte Ritter, »und während deine Freunde Katja und Tim Karriere gemacht haben, bist du in deinem kleinen grauen Büro versauert und musstest Papiere wälzen.«

»Tim hat mir eine Stelle in der CORNEA-AG versprochen, wenn ich mitmache.« Judith Wenger schluckte. »Das habe ich ihm geglaubt. Aber dann hat er mich mit Geld abgespeist. Er hatte nie vor, mir einen Job zu verschaffen«, fügte sie bitter hinzu, »im Ministerium war ich ja viel wichtiger für ihn.«

»Wie hat denn Katja Manteuffel davon erfahren?«, fragte Stark ungeduldig. Das war ja alles ganz aufschlussreich, aber erklärte es auch den Mord?

»Ich habe es ihr gesagt«, gestand Judith Wenger. »An dem Tag, als Nicolai sich von ihr getrennt hat, da kam sie doch zu mir, um sich bei mir auszuweinen.« Sie senkte schuldbewusst den Blick. »Da habe ich es ihr gesagt. Dass er uns beide nur benutzt hat.«

»Sie war also völlig ahnungslos?« Ritter erhob sich wieder und ging ein paar Schritte.

»Sie war ...«, Judith Wenger suchte nach Worten, »... außer sich vor Wut, als sie es erfuhr.« Betroffen sah sie zu Ritter auf. »Ich denke, dass sie zu Tim gegangen ist, um ihn zur Rede zu stellen.«

Das war ihr Todesurteil, dachte Stark. Katja Manteuffel will Nicolai zur Rede stellen, die Situation eskaliert, und dann schlägt er ihren Kopf – bamm, bamm, bamm – solange gegen den Türholm, bis sie stirbt.

Judith Wenger sah die Kommissare mit feuchten Augen an. »Es tut mir leid«, flüsterte sie.

FÜNFZEHN

Der Berliner Filz ist legendär. In den achtundzwanzig Jahren, die der Westteil der Stadt eine sicher ummauerte Insel der Freiheit war, konnte er sich ungestört entfalten. Die politische Kontrolle oblag dem Alliierten Kontrollrat, doch das Gremium – Franzosen, Briten, Amerikaner und Russen – war aufgrund des Kalten Krieges selten einer Meinung und darum handlungsunfähig. Die Politiker der Stadt konnten machen, was sie wollten, und diese Freiheit nutzten sie denn auch weidlich aus. Manchmal gab es einen Skandal. Dann hatten investigative Journalisten – meist aus Westdeutschland, meist vom »Spiegel« – mal wieder etwas herausgefunden, das weder der freiheitlich-demokratischen Ordnung Westberlins noch sonstigen Gesetzen der freien Marktwirtschaft entsprach: Da wurden öffentliche Bauaufträge gegen obszöne Korruptionssummen verschoben, wichtige Posten noch wichtigeren Leuten mit prallem Geldbeutel verschafft – Hauptsache, es hielt niemand umsonst die Hand auf.

Auch nach dem Mauerfall hielt sich dieses System aus Geben und Nehmen. Es wurde sogar noch ausgeweitet auf den bis dahin kommunistisch diktierten Osten der Stadt. Zu seltenem Ruhm kam dabei die peinliche Bewerbung Berlins für die Olympischen Spiele im Jahr 2000. Während die Mitbewerber mit großen emotionalen Auftritten für sich warben, schickte Berlin einen kafkaesk anmutenden Leierkastenmann zum IOC, und so gingen die Spiele nach Sydney. Das war durchaus in Ordnung, denn die großen Bauaufträge waren längst vergeben. In der Folge wurde die Stadt mit gigantischen Sporthallen und Stadien zugepflastert, obgleich es hier keine Olympischen Spiele geben würde. Bezahlt hat den Spaß wie immer der Steuerzahler. Viele der Sportstätten wurden nie oder nur als Lagerhalle genutzt, einige sind schon wieder abgerissen. Lediglich die kostbaren Domizile derer, die an der skurrilen Olympiabewerbung hübsch verdient hatten, stehen noch in schönstem Glanz.

Im Jahr 2001 gab es den sogenannten Berliner Bankenskandal. Die Geldhäuser des Landes hatten ihren Kumpanen aus der Baubranche großzügig völlig abwegige Mieteinnahmen für noch zu errichtende Bürogroßbauten, die schon damals niemand brauchte, garantiert. Am Ende waren die Baulöwen reich und die Stadt pleite. Schuldenstand heute: weit über sechzig Milliarden Euro. Es gab einen Prozess, der die Verantwortlichen mit zwei- bis dreijährigen Bewährungsstrafen zurück in ihre Grunewaldvillen schickte, und ein rigoroses Sparprogramm für die Stadt. Seither verfallen Schulen, Krankenhäuser und Kindergärten. Spielplätze müssen als marode Gefahrenzonen geschlossen werden, und auf den Straßen ruiniert man sich die Stoßdämpfer in Schlaglöchern, wie sie im stalinistischen Osten nicht tiefer gewesen sein können.

Auch für die berühmte Charité ist seither eisernes Sparen angesagt. Abteilungen wurden zusammengelegt, Personal drastisch reduziert. Fachkräftemangel ist die Folge, der von den verbliebenen Ärzten und Pflegern ausgeglichen werden muss, was zuweilen zu einer regen Reisetätigkeit kreuz und quer durch die Stadt führt. Fehlen Chirurgen und Anästhesisten in Steglitz, zieht man welche aus der Unfallchirurgie in Marzahn ab, worauf aus Mitte ein paar Intensivpfleger ans Deutsche Herzzentrum am Wedding verlegt werden, damit fürs Klinikum Buch ein paar Schwestern übrig sind. Es ist wie bei einem fatalen Schneeballsystem: Der Mangel kann nur mit neuem Mangel behoben werden, wenn auch an anderer Stelle.

Und so begann der nächste Morgen für die Kommissare zunächst mit einer Irrfahrt, denn obwohl Frau Dr. Mareike Andresen Dienst hatte, war sie nicht in ihrer Augenklinik.

Ein Anruf bei ihrem Verlobten, dem heute ungewohnt hilfsbereiten Tim Nicolai, brachte die gewünschte Auskunft: In der Charité Mitte ging ein hochinfektiöser Norovirus um, der das halbe klinische Personal mit Durchfall und Erbrechen außer Gefecht gesetzt hatte, weshalb Mareike dort als Ärztin aushalf.

»Also, den Betrug können wir Nicolai nachweisen«, sagte Stark, als sie eilig die Rampe zur Notaufnahme hochliefen, »aber nicht den Mord. Er hat ein Alibi.«

»Das ihm Mareike Andresen gibt«, sagte Ritter und sah verwirrt auf die vielen blaulichternden Ambulanzen ringsum, die sirenenheulend an- und abfuhren, wobei nicht genau klar war, ob sie kotzende Ärzte oder Patienten transportierten.

»Fragt sich, wie lange sie ihn noch deckt«, überlegte Stark und ließ ein paar Pflegern, die mit einer Bahre heraneilten, den Vortritt. »Er hat ihr die Chefarztstelle verbaut. Sie weiß es nicht.« Er hielt einem Rollstuhlfahrer die Tür auf. »Wie wird sie wohl reagieren, wenn sie es erfährt?«

Das werden wir gleich erfahren, dachte Ritter und rief:

»Frau Dr. Andresen?«

Es hat einen nicht zu unterschätzenden Vorteil, wenn man über eins achtzig ist, dachte Stark, denn er hätte die Frau Doktor zwischen den vielen durcheinanderlaufenden Weißkitteln und Patienten in den Fluren der Notaufnahme kaum ausmachen können.

Einzig Ritter, der über die meisten Köpfe hinwegblicken konnte, behielt den Überblick. Zielstrebig lief er auf Mareike Andresen zu, die vom erneuten Auftauchen der Kommissare sichtlich genervt war.

»Wenn Sie erlauben«, sagte Stark mit ernster Miene, »wir hätten noch ein paar Fragen.«

Mareike Andresen sah auf ihre Uhr. »Also gut, zwei Minuten. Ich habe eigentlich gleich Visite.«

»Bleiben Sie dabei«, fragte Ritter, »dass Sie am Tatabend mit Herrn Nicolai zusammen waren?«

»Ich wüsste nicht«, antwortete sie, ohne zu zögern, »was sich daran geändert haben sollte.« Erstaunt sah sie an den Kommissaren vorbei und hob die sorgsam gezupften Augenbrauen.

Stark blickte sich um.

Von hinten kam Dr. Nicolai auf sie zu, wie immer sehr flott und wie aus dem Ei gepellt, und grüßte mit einem kurzen Kopfnicken.

Stark grüßte zurück und wandte sich wieder Mareike Andresen zu. »Ist Ihnen doch recht, dass wir Ihren Verlobten dazugebeten haben?«

Mareike Andresen lächelte etwas gequält.

»Wo können wir uns denn mal in Ruhe unterhalten?«, erkundigte sich Stark.

»Folgen Sie mir bitte«, antwortete Mareike Andresen und gab die Richtung vor.

Sie führte die Kommissare und ihren Verlobten in einen der Hörsäle, der gerade frei war.

Er war ganz ähnlich eingerichtet wie jener, in dem Professor Manteuffel doziert hatte: die gleiche Holzvertäfelung, das Gestühl aus den späten Siebzigern.

»Sehen Sie«, Stark ging, die Hände in den Hosentaschen und mit nachdenklich gesenktem Haupt, auf und ab, »wir haben uns etwas näher mit der Zeit vor einem Jahr beschäftigt. Als es um die Chefarztstelle ging.« Er sah Mareike Andresen an, als wolle er prüfen, ob sie sich erinnere. »Dass Sie Ihre Bewerbung zurückgezogen haben, hängt mit einem anonymen Hinweis an die Klinikleitung zusammen.«

Mareike Andresen verzog das Gesicht zu einem schmerzlichen Lächeln. »Dann sind Sie ja bestens informiert.«

»Im Gegensatz zu Ihnen«, meinte Ritter knapp. »Der Hinweis kam von Herrn Nicolai.«

»Das ist doch absurd!« Mareike Andresen lachte unsicher auf und blickte zu ihrem Verlobten. Doch der blieb ganz ruhig und legte, als bereite er sich auf einen längeren Aufenthalt im Hörsaal vor, Schal und Mantel ab.

»Sie glauben doch nicht«, sagte er kopfschüttelnd, »dass ich auf so einen Unsinn antworte.«

»Wir haben die Aussage von Professor Manteuffel«, erwiderte Stark ruhig. »Seine Frau hat mit ihm darüber gesprochen.« Er sah Nicolai gespannt an. »Und jetzt sind Sie dran!«

Mareike Andresen war bleich geworden. Entsetzt blickte sie zu Nicolai, doch der reagierte nicht.

»Also«, Ritter wollte es endlich wissen, »ja oder nein?«

Nicolai holte tief Luft.

»Nicht ich«, sagte er schließlich mehr zu Mareike als zu den Kommissaren und fügte betreten hinzu: »Es war dein Vater.«

Mareike Andresen starrte ihn verständnislos an.

»Es war für ihn die einzige Chance, den Forschungsverbund zu kriegen«, erklärte Nicolai und versicherte schnell: »Ich wusste nichts davon. Er hat es mir erst später erzählt. Zu spät, sonst hätte ich es verhindert.«

»Und dass dieser Chip gar nicht funktioniert, dass das alles eine einzige große Lüge war?« Ritter hatte es so statt. »Das wussten Sie auch nicht?«

»Stellen Sie sich mal vor«, setzte Stark langsam hinzu, »Frau Wenger hat ausgepackt.«

Mareike Andresen schloss entgeistert die Augen. »Tim«, sagte sie gepresst, »du sagst mir jetzt, dass das nicht wahr ist!«

Nicolai schluckte.

»Sie standen mächtig unter Druck«, stellte Ritter fest, »ohne die Fördergelder vom Ministerium wäre Phydra eingestellt worden«, er stellte sich neben Nicolai, »das konnten Sie nicht riskieren«, beugte sich vor und raunte ihm zu: »Darum haben Sie es getan.«

»Wir waren so nah dran …« Nicolai wandte sich enttäuscht ab und schüttelte den Kopf.

»Nah dran?« Mareike Andresen konnte es nicht glauben. Sie lief ihm nach und sah ihn bestürzt an: »Mensch, ich habe die Frau operiert!«

Nicolai stützte sich schwer auf einen der Dozententische auf dem Podium und sah gedankenverloren auf das Besteck, das von der letzten Vorlesung dort liegen geblieben war: Kanülen, diverse chirurgische Instrumente, Pinzetten und ein Skalpell.

»Der Chip war ein Placebo«, gestand er leise, »wir brauchen noch ein Jahr, vielleicht zwei …«

»Du lässt mich einen Menschen aufschneiden?« Mareike rang um Fassung. »Für ein sinnloses Stück Plastik?«

Auch Stark war entsetzt. Es stimmte also: Sie hatten Kerstin Vonk schamlos ausgenutzt. Eine junge Frau um ihre Träume gebracht, ihre Hoffnungen betrogen und sinnlos als Versuchstier missbraucht. Weil sie Geld brauchten! Wie scham- und skrupellos müssen Menschen sein, die so etwas tun …

»Bist du dafür«, Mareike wagte es kaum auszusprechen, »auch über Leichen gegangen?«

»Ach, hör doch auf!« Nicolai fuhr wütend hoch. »Dein Vater hat ganz recht, wenn er sagt: ›Schade, dass sie keinen Mumm hat.‹« Verächtlich wandte er sich ab. »Katja war ganz anders. Dass ich mich von ihr getrennt habe, das war mein größter Fehler.« Er nickte bekräftigend. »Die hätte mitgezogen.«

Das reichte. Nicolai hatte alles zerstört.

Mareike verlor die Contenance und griff nach dem Skalpell auf dem Tisch. Völlig außer sich versuchte sie, auf Nicolai einzustechen, doch im letzten Moment griff ihr Stark in den Arm und wand ihr das Messer aus der Hand.

Schluchzend drehte sie sich weg, das Gesicht in den Händen verborgen wie ein kleines Mädchen.

Ritter trat zu ihr. »Halten Sie das Alibi für Ihren Verlobten immer noch aufrecht?«

Mareike reagierte nicht.

»Frau Andresen?«

Langsam drehte sie sich wieder um, starrte Nicolai aus geweiteten Augen an. Wie in Zeitlupe nahm sie die Hand vom Mund und sagte stockend:

»Er kam erst gegen acht.«

Nicolai senkte den Blick.

»Da war Katja schon tot«, setzte sie stockend hinzu.

Stark warf das Skalpell zurück auf den Tisch und wandte sich an Nicolai.

»Nachdem Sie sich von Katja Manteuffel getrennt haben, hat sie von Judith Wenger erfahren, dass der Chip eine Fälschung ist. Sie wollte zur Polizei gehen.« Stark verschränkte die Arme und sah Nicolai auffordernd an. »Den Rest sagen Sie uns!«

»Sie irren sich!« Nicolai schüttelte den Kopf. »Ich habe sie nicht umgebracht.«

»Klar.« Ritter nickte abgeklärt. »Das sagen immer alle.«

»Ich schwöre Ihnen«, versicherte Nicolai, »ich sage die Wahrheit!«

SECHZEHN

Als die Handschellen klickten, empfand Ritter nichts als Genugtuung: Endlich hatte er diesen arroganten Angeber fest in der Zange. Unglaublich, wie hilflos der smarte Dr. Nicolai plötzlich war. Kein Mentaltrainer, kein Analytiker und kein Businesscoach konnten ihn jetzt retten. Er war ganz allein auf sich gestellt.

Umso erstaunlicher war es, dass er selbst nach stundenlangen Befragungen nicht zusammenklappte. Im Gegenteil, je länger die Kommissare ihn verhörten, umso mehr gewann er an Selbstsicherheit zurück. Genauso skrupellos, wie er die Forschungen bei der CORNEA-AG vorangetrieben und sich Fördergelder erschlichen hatte, verfolgte er jetzt sein Ziel, sich aus der Schlinge zu winden.

Er argumentierte zunächst damit, dass man ihm nichts nachweisen könne. Und in der Tat war das ein Problem. Bislang hatten die Kommissare nur Indizien, und ob die für eine Verurteilung wegen Totschlags reichten, stand in den Sternen.

Dann begann Nicolai, Andresen zu beschuldigen. Wie die alten Nazis nach dem Zusammenbruch des Dritten Reiches schob er jetzt alles auf den großen Führer. Der Vorstandschef der CORNEA-AG habe die Papiere wissentlich gefälscht, um an die Fördergelder zu kommen, er habe die Idee gehabt, Kerstin Vonk ein Placebo einzusetzen, und Andresen sei auch verantwortlich für Katja Manteuffels Tod. Beweisen konnte Nicolai das alles allerdings nicht.

Dennoch mussten die Kommissare die Aussage ernst nehmen und überprüfen. Ritter hielt das für ein reines Manöver, um Zeit zu schinden. Und deshalb verfügte er, Nicolai zu der Befragung Andresens mitzunehmen. Sollten sich die Männer ruhig gegenüberstehen. Entweder Andresen konnte die Vorwürfe seines Geschäftsführers sofort entkräften oder …

… nun, für diesen Fall würden die Kommissare wohl in die bewährte Trickkiste greifen, selbst wenn der Cowboy dafür ein paar Haare opfern musste.

***

»Ja, bitte?«

Andresen blickte ungehalten auf. Er saß in seinem Büro über den Bilanzen aus der Buchhaltung, und die sahen alles andere als erfreulich aus. Die Forschungsreihen fraßen zu viel Geld, und noch immer gab es keine sichtbaren Ergebnisse. Zu allem Übel war offenbar auch noch Nicolai verhaftet worden, sein wichtigster Mann im Phydra-Projekt: In Handschellen führten ihn die Kommissare herein.

Ritter sah Nicolai auffordernd an. »Jetzt erzählen Sie mal!« Der Blonde sollte seine abenteuerlichen Beschuldigungen wiederholen. Hier und jetzt! Vor seinem Chef. Und zwar: »In klaren, einfachen Sätzen.«

Nicolai sah Andresen zögernd an, und Ritter dachte schon, dass er jetzt klein beigeben würde. Aber wie so oft hatte er den Fatzke unterschätzt.

»Katja hatte erfahren, dass der Chip nur ein Placebo war«, sagte Nicolai ruhig und ging langsam auf den Schreibtisch zu, hinter dem der CORNEA-Chef saß. »Sie rief Andresen an und verlangte ein Treffen. Er bestellte sie in sein Wochenendhaus in Falkensee und bat mich dazu.«

Andresen wirkte wie gefroren. Bewegungslos lehnte er in seinem Stuhl und fixierte Nicolai durch seine Brillengläser.

Nicolai hielt dem Blick stand. »Sie wusste nicht, dass er von Anfang an eingeweiht war. Es war sogar seine Idee gewesen, den Projektantrag zu fälschen.«

Verächtlich wandte Nicolai sich ab und ging zu den Kommissaren zurück, die abwartend vor der Tür standen.

»Er hat ihr Geld angeboten, aber sie wollte zur Polizei. Und dann hat er sie …« Er unterbrach sich und senkte den Blick. »Ich wollte es noch verhindern«, beteuerte er leise, »aber ich war nicht schnell genug.«

Andresen hob die Hände und klatschte demonstrativ. Innerlich aber platzte er fast vor Zorn über den schamlosen Verrat seines besten Mannes.

Wenn die Ratten das Schiff verlassen, dachte Stark, steht es schlimm um den Kapitän. Aber Andresen ist alt genug, der kennt jede menschliche Untiefe. Mal schaun, ob er die Nerven behält.

Er gab Ritter unauffällig ein Zeichen.

»Bei ihrem Auto haben Sie sie eingeholt«, sagte der Cowboy mit lauter werdender Stimme und trat vor den Schreibtisch. »Sie haben ihren Kopf gegen den Holm geschlagen, und dann haben Sie und Herr Nicolai die Leiche in den Kofferraum getan und wegtransportiert!«

Wenn Andresen jetzt ruhig blieb, war klar, dass Nicolai gelogen hatte.

»So war es doch, oder?«, rief Ritter.

Doch Andresen blieb nicht ruhig. Im Gegenteil, er sprang hinter seinem Schreibtisch hervor und explodierte geradezu.

»Wie bitte?«, schrie er und stürzte sich, fast rasend vor Wut, auf Ritter. »Haben Sie den Verstand verloren?«

»Hey!« Ritter konnte ihn nur mühsam abwehren. »Moment mal!«

»Andresen!«, brüllte Stark scharf.

Schwer atmend ließ der CORNEA-Chef von Ritter ab. Er zitterte, sein Gesicht war verzerrt.

»Sie sind Physiker«, sagte Stark betont ruhig, doch innerlich auf dem Sprung, um einzugreifen, falls Andresen außer Kontrolle geriet. »Sie glauben, dass die Wissenschaft alles kann. Da haben wir etwas gemeinsam.« Er zog ein durchsichtiges Plastiktütchen aus der Jackentasche. »Als Sie den Kopf von Katja Manteuffel gepackt haben, haben Sie Genmaterial hinterlassen.«

Er hielt das Tütchen ins Licht, damit Andresen besser sehen konnte, was es enthielt: einige Haare.

»Wir fahren jetzt ins Präsidium«, erklärte Stark, »und machen einen kleinen Test!«

»Das geht ganz schnell«, setzte Ritter hinzu, »und tut auch nicht weh.«

Andresen wandte sich kraftlos ab und sank in einen der Sessel.

Ritter beugte sich zu ihm. »Oder können wir uns das sparen, Herr Andresen?«

Andresen wusste, dass er verloren hatte. Mit fahrigen Fingern lockerte er seine Krawatte und suchte nach einer Erklärung für das, was nicht zu erklären war.

»Ich ...«, sagte er stockend, »... habe das nicht gewollt.«

Ritter und Stark wechselten einen kurzen Blick. Sie hatten ihren Täter.

»Aber ...«, Andresens Lippen zitterten, »... es stand so viel auf dem Spiel ...« Er schüttelte nachdenklich den

Kopf. »Und als sie gesagt hat, sie will zur Polizei, da …«, hilflos hob er die Schultern und sah die Kommissare an, »… explodierte irgendetwas in meinem Kopf.«

Ja, dachte Stark, wie eben auch.

»Und dann …«, flüsterte Andresen, »… dann lag sie da.«

Niemand bemerkte, dass Mareike Andresen ins Büro getreten war.

»Es …«, Andresen wandte sich Stark zu und erhob sich langsam, »es war ein Unfall.«

»Nein«, widersprach Stark, »das war es nicht.«

»Doch«, versicherte Andresen.

»Wie oft haben Sie den Kopf gegen den Holm geschlagen?«, fragte Stark. »Dreimal? Viermal?«

Andresen wusste es nicht.

»Sie mussten sichergehen«, sagte Stark leise. »Wenn Katja Manteuffel überlebt hätte, wäre alles aus gewesen.«

Andresen schwieg und stützte sich schwer auf den Tisch.

Einen Moment lang herrschte Stille.

»Und wenn ich es herausgefunden hätte?« Mareike war ein paar Schritte herangekommen und sah ihren Vater betroffen an. »Hättest du dann mich umgebracht?«

Andresen sah seine Tochter bestürzt an. Benommen schüttelte er den Kopf, aber Mareike blieb seltsam unbewegt.

»Ja«, sagte sie leise. »Ich war blind.« Sie senkte den Blick. »Jetzt nicht mehr.«

Sie hob den Kopf, blickte ihrem Vater noch mal in die Augen.

Es war wie ein Abschied. Dann drehte sie sich weg und verließ den Raum.

SIEBZEHN

Im Gebäude der Wasserwirtschaft wurde derweil weiter improvisiert. Es gab zwar eine Kantine im Haus, doch die wurde von den Wasserwerkern an einen externen Caterer vermietet, der zwar exzellente Menüs zauberte, dafür aber auch recht deftige Preise verlangte. Auf die Dauer konnte das einen Kriminalbeamten ganz schön schröpfen, und so hatte die Inspektion eins im Foyer des Hauses ein kleines Bistro eröffnet. Hier gab es Currywurst und Kaffee satt; nahm man alles mit Kartoffelsalat, zahlte man knapp zwei Euro fünfzig. Das war in Ordnung. Zudem hatte das Bistro auch zu Zeiten geöffnet, in denen die Wasserwerker längst Feierabend hatten.

Ritter und Stark standen an einem der runden Tische und feierten den Abschluss ihres Falls mit Mineralwasser.

Andresen und Nicolai saßen in Untersuchungshaft. Beide mussten sich wegen Subventionsbetrug und Beihilfe zur schweren Körperverletzung an Kerstin Vonk vor Gericht verantworten. Bei Andresen kam noch der Mord an Katja Manteuffel dazu.

Judith Wenger war wieder auf freiem Fuß. Das Ministerium hatte ihr gekündigt, und nun wartete sie auf ihre Verhandlung. Ihr wurde Beihilfe zum Subventionsbetrug, Veruntreuung und Korruption vorgeworfen. Um das Gericht milde zu stimmen, hatte sie die veruntreuten Gelder bereits zurückgezahlt, einhundertzwanzigtausend Euro plus Zinsen. Ansonsten hatte sie jetzt viel Zeit, bewarb sich um mehrere Stellen in der Wirtschaft, aber es sah nicht so aus, als ob sie bald wieder Arbeit hätte. – Vielleicht ging Ritter ja mal wieder mit ihr tanzen.

»Ach ja …«, sagte Stark und zog das Plastiktütchen mit den Haaren aus seiner Jackentasche. »Willste die wiederhaben?«

»Wozu?«, antwortete Ritter. »Ich kann sie mir ja nicht wieder ankleben.«

»Dafür wachsen sie nach«, erwiderte Stark grinsend und warf das Tütchen achtlos in einen Abfallbehälter.

Wiegand näherte sich den beiden.

»Ich warte immer noch auf den Abschlussbericht zum Fall Manteuffel«, sagte er schlecht gelaunt. »Wird das vor dem Sommer noch was?«

»Jetzt atmen Sie doch erst mal aus, Chef«, erwiderte Ritter, »ist doch nicht so schlimm, dass Sie Ihre Kohle an der Börse versenkt haben.« Er grinste schadenfroh. »Kommt doch in den besten Familien vor.«

»Wer sagt denn so was?« Wiegand sah erst Ritter, dann Stark an. »Als Sie den ersten Verdacht auf eine Fälschung hatten, da habe ich natürlich sofort verkauft.« Er lächelte breit. »Hundertzwanzig Prozent Rendite! Hätte mehr sein können«, fügte er triumphierend hinzu, »aber man will ja nicht gierig sein …«

Höchst zufrieden mit sich und der Welt wollte er sich abwenden, doch Stark rief ihn zurück:

»Eine Frage, Chef, äh …«

Wiegand drehte sich wieder um und sah seinen Untergebenen bräsig an.

»Ich bin ja kein Experte für Beamtenrecht«, sagte Stark voller Bescheidenheit, »aber handelt es sich hierbei nicht um …«, er hob seine Stimme, dass es im hohen Foyer widerhallte und alle es hören konnten, »… ein unerlaubtes Insidergeschäft?«

Wiegand guckte erschrocken.

»Ich glaub, da hat er recht«, rief Ritter ebenfalls in den weiten Raum, »das könnte richtig Ärger geben.«

»Aber ...«, eilig kam Wiegand wieder heran und beschwichtigte, »aber Kollegen, ich meine ... Wir können doch ...«

»Es gibt ja jetzt ein ganz neues tolles Projekt«, unterbrach ihn Stark und setzte hinzu: »Mit einem Netzhautimplantat, und die würden auch Kerstin Vonk mit ins Programm aufnehmen.« Mit großen Augen sah er den Chef an. »Das kostet natürlich! – Unsummen!«

»Genau«, pflichtete Ritter bei.

Wiegand verstand kein Wort. Was wollten diese beiden Teufel von ihm?

»Also, wir beide«, wurde Ritter deutlich, »finden es sehr nobel, dass Sie der Wissenschaft Ihren Gewinn spenden wollen ...«

Wiegands Gesichtszüge entgleisten.

Stark nickte ihm aufmunternd zu. »Ja!«

Ritter bestellte, um den Deal perfekt zu machen, noch zwei Mineralwasser.

Natürlich auf Kosten des Chefs.

Das Erste

Oliver G. Wachlin
TODESSTRAFE
Nach dem Tatort-Krimi von
Mario Giordano und
Andreas Schlüter
Begleitbuch zur gleichnamigen
ARD-Serie »Tatort«
Agentur: WDR mediagroup
licensing GmbH
Broschur, 176 Seiten
ISBN 978-3-89705-665-7

Hysterie und Selbstjustiz in Leipzig

Zeit für Privates bleibt Eva Saalfeld und ihrem Exmann Andreas Keppler bei ihrem Wiedersehen in Leipzig nicht. Es gilt, den Mord an einem angeblichen Kinderschänder aufzuklären. Saalfeld und Keppler suchen die Antwort auf die Frage nach moralischer Schuld – und müssen erkennen, dass alles anders ist, als es scheint.

Das Erste

SR

Martin Conrath
AUS DER TRAUM ...
Nach dem Tatort-Krimi von
Fred und Léonie-Claire
Breinersdorfer
Begleitbuch zur gleichnamigen
ARD-Serie »Tatort«
Agentur: WDR mediagroup
licensing GmbH
Broschur, 176 Seiten
ISBN 978-3-89705-661-9

Ein Bayer ermittelt im Saarland

Franz Kappl, der neue Kommissar der Kripo Saarbrücken, muss gleich bei seinem ersten Fall beweisen, was in ihm steckt. Eine Kollegin wurde übel zugerichtet tot aufgefunden. Aber plötzlich erscheint das unschuldige Mordopfer in einem ganz anderen Licht.

www.emons-verlag.de